つながりの蔵

椰月美智子

角川文庫
22775

目次

つながりの蔵　5
解説　金原瑞人　209

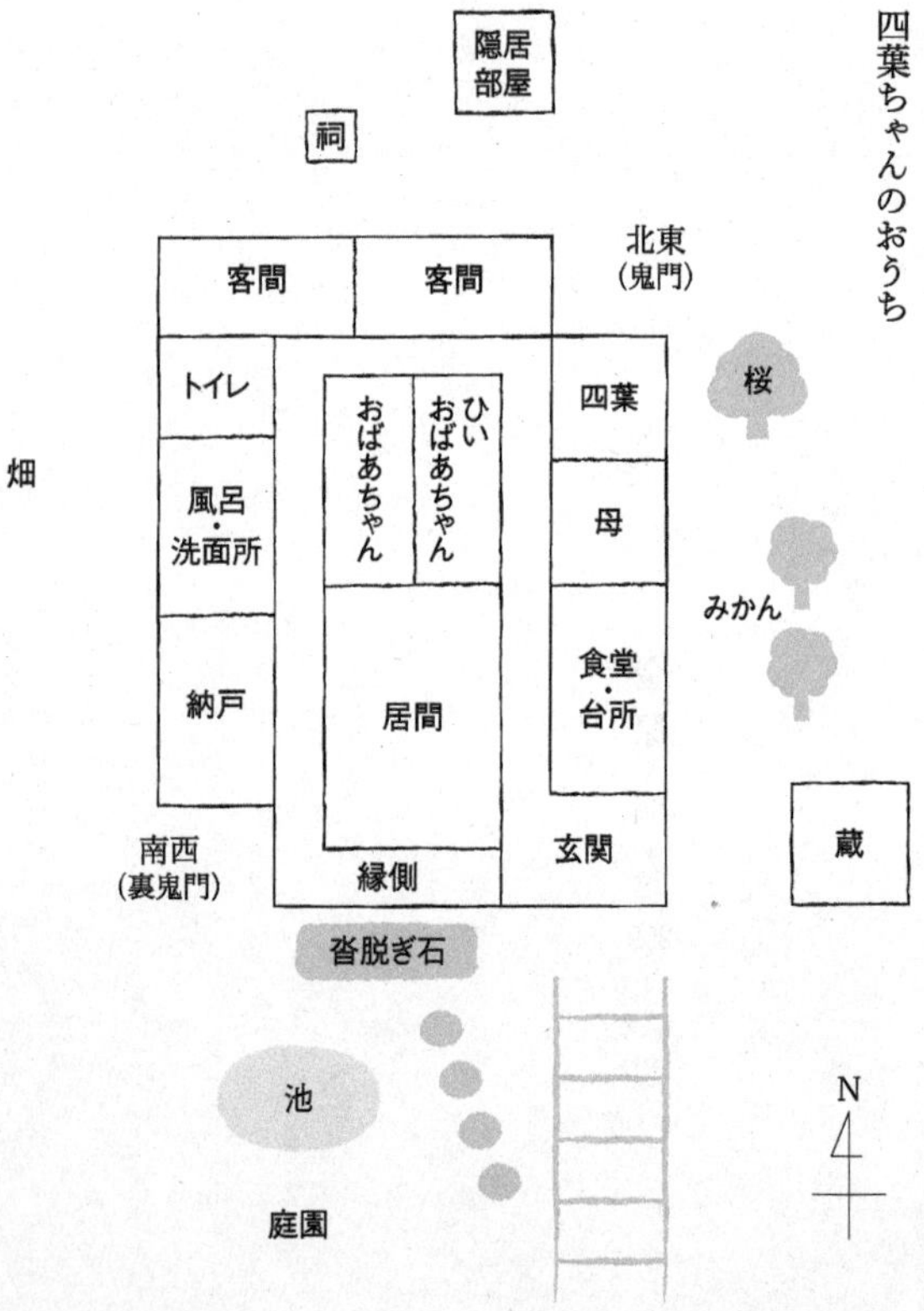

四葉ちゃんのおうち

隠居部屋

祠

客間

客間

北東
(鬼門)

トイレ

おばあちゃん

ひいおばあちゃん

四葉

桜

畑

風呂・洗面所

母

みかん

納戸

居間

食堂・台所

南西
(裏鬼門)

縁側

玄関

蔵

沓脱ぎ石

池

N

庭園

家のなかにいても、外で鳴いているセミの声が大きく聞こえる。買い替えたばかりのエアコンはとてもしずかで快適だ。

先週、天気予報で今年初の真夏日の知らせを耳にした日、待ってましたとばかりに寝室のエアコンの調子がおかしくなった。

窓を開けても涼しい風が入ってくるわけでもなく、新しいエアコンが届くまでの一週間、遼子はひかりの部屋で、夫はリビングで寝ることとなった。夫にリビングで寝られると朝がだらしなくなるので、時生の部屋で寝たら？　と提案してみたが、時生にはもう断られたんだ、と夫は小さく笑った。

ひかりと時生は小学六年生の双子の姉弟だ。ついこのあいだまで幼児だったのに、今では誰がどこから見ても正真正銘の「子ども」となっている。来年は中学生だなんて、とても信じられない。

夏休みがはじまったばかりの日曜日。遼子は、「今日はゆっくり寝ている日」と家族に宣言し、早起きを放棄した。子どもたちが在宅する、長い夏休みを過ごすための体力温存だ。母親だからといって、毎朝いちばんに起きなければならない謂われはない。

午前十時。子どもたちは、夫が連れ出してくれた。出かけるまでの間、夫と子ども二人がいちいち遼子が寝ている寝室に顔を出して、実況中継するのがおもしろかった。

「朝ご飯、パンにするからな。パンでいいよな」

これは夫。

「お母さーん、映画行ってくるね」

これはひかり。

「帽子、かぶってったほうがいいよな」

これは時生。

遼子は知らんぷりを決め込んで、寝たふりをしていた。

「行ってきます」

家を出る前に三人そろって寝室に顔を出して、ご丁寧に声までそろえて言ったので、

「行ってらっしゃい」

と、ベッドのなかから返事をして手を振った。二卵性の双子は、口々に「生きてた」「動いた」「しゃべった」などと騒いだ。普段は遼子が声をかけても、ろくに返事すらしないくせに、こういうときばかりおかしなものだ。

玄関ドアの閉まる音を聞いてひと安心し、遼子はベッドのなかで手足を伸ばした。

昨日は、父の一周忌の法要だった。父が亡くなって一年が経つ。はっきり言って、父が亡くなったという実感は薄かった。

父が根治できない病気だとわかったのは、死の半年前だ。母はさぞかし大変な思いを

したたろうと想像する。兄家族と同居しているが、兄も義姉も仕事を持っているので、母が一人で毎日病院に通っていた。

遼子は、せいぜい一週間に一度お見舞いに行ければいいほうだった。同じ県内ではあるが、車で一時間かかるので、パートとはいえ仕事を持っている子持ちの身では、頻繁には行けなかった。

それまでも、実家には盆と正月ぐらいしか顔を出さなかったので、父が今この瞬間この世にいないということが、にわかには信じられない感覚があった。実家に行けば庭仕事をしていそうだったし、病院に寄ればベッドで寝ているような気がした。

あっという間の一年だった。しかしそれは父の死とは関係なく、日々の慌ただしさから来るものだ。歳を重ねれば重ねるほど、一年は短くなっていく。

父の遺影のまじめくさった顔を思い、次は三回忌か、と思う。その次は七回忌だろうか。ふと気になり、枕元のスマホで年忌法要を調べてみた。一周忌、三回忌、七回忌、十三回忌、十七回忌、二十三回忌、二十七回忌、三十三回忌、五十回忌とあった。

父の五十回忌のとき、自分は八十九歳。兄は九十五歳。母は百二十歳だ。きっと誰も生きてはいないだろう。そのとき、ひかりと時生は六十歳だ。いったいどんな風貌になっているのだろうか。初老の我が子たちの姿を想像して、なんだかおかしくなる。

遼子はスマホを操ったその手で、母に電話を入れた。

「もしもし、お母さん？」

「ああ、遼子。昨日はお疲れ様」

そう言う母こそが、疲れた声だった。

「お疲れ様。お母さん、大丈夫？　少しゆっくり休むといいよ」

「なかなか休んでもいられないわよ。夏休みで宙と陸が家にいるから慌ただしくて」

宙と陸は兄の息子たちだ。中学一年生と小学五年生のやんちゃな男の子。宙が生まれて名前を聞いたとき、まったく兄らしい名付けだなあと思ったものだ。

「お昼の支度があると、休む時間がないのよね。疲れちゃうわ」

母がぼやく。兄も義姉も仕事なので、日中は母が一人で孫たちの面倒を見ている。

「浩之たちは、お昼なんて即席ラーメンや出来合いのお弁当でいいって言うんだけど、毎日そういうわけにはいかないものねえ」

「まあね」

と答えつつ、孫たちの世話で気が張るのはいいことではないか、と心のなかで思う。

「ねえ、ちょっと聞きたいことがあるんだけど」

「なあに」

「おばあちゃんの法要って、最後いつやったんだっけ？」

「なによ急に。ええっと、ちょっと待って。確か五、六年前だったわよねえ。二十三回忌が最後かしら。あら、二十七回忌はもう過ぎちゃったのねえ……」

特に過ぎたことを惜しむわけでもない口調で母が言う。

「ああ、思い出した。二十三回忌のとき、お父さんが、家族だけでいいんじゃないかって言ったんだったわ。普段より少し豪華なお供え物をして、お坊さんがお経を唱えていったたっけねえ。なんだか忘れちゃったわ。お父さんに任せてたからねえ。あのとき、遼子は来たのかしら」

「うーん、行ったような気もするけど、覚えてないなあ」
五、六年前というとひかりと時生は小学一年生あたりか。その頃、時生はぜんそくがあり、しょっちゅう病院にかかっていて日々慌ただしく過ごしていた。もしかしたら、祖母の二十三回忌には顔を出さなかったかもしれない。
「遼子、どうしたのよ、そんなこと突然聞いて。お父さんが亡くなって、急に信心深くなったの？」

遼子は小さく笑った。

「法要っていつまでやるのかなあって思ってね」

「身内が元気だったらいいけどねえ。三十三回忌なんて待っていられないわよねえ」

「一応、五十回忌まであるらしいよ」

遼子が言うと、母はあきれたように、へえ、と尻上がりな声をあげ、

「歳をとったらみんな死んでいくんだから、あんたたちがしっかりやってちょうだいよ。わたしだっていつお迎えがくるかわからないんだから。頼んだわよ」

と、真面目な口調で締めくくった。

「なーに言ってんの」

と返して、また近々顔を出すことを約束し、遼子は電話を切った。父が亡くなって、母は悲しいだろう。血のつながりはないが、親子より夫婦のほうが一緒に過ごした時間は長い。比較的仲のいい夫婦だったと思う。

遼子はふいに、二十歳の頃の自分を思い出した。当時付き合っていた恋人が、二十三歳という若さで亡くなったのだ。前日にデートをしたばかりだった。いつも通りにたのしい時間を過ごし、次の約束をして笑顔で別れたばかりだった。

連絡を受けたのは翌日の昼過ぎだっただろうか。彼の友人から電話があった。

「あいつ、死んだよ。死んだんだ」

「え？」

と遼子は言ったきり、しばらく黙った。その間、その友人は、彼がどうして亡くなったかを話してくれた。深夜オートバイに乗っていたところ、乗用車とぶつかったらしかった。即死だったらしい。それからその友人は、お通夜や告別式の詳細を教えてくれた。

「……そうですか」

それだけ言って、遼子は電話を切った。それ以外になにを言えただろう。その友人とは一度しか会ったことがなかった。

成人式を迎えたとはいえ、遼子はまだ大人になる途中の娘だった。死の意味がわからないような子どもではなかったが、死を受け止められるほど大人でもなかった。

恋人の死は、遼子に強烈な印象と感情をもたらした。人は何歳でも死んでしまうんだという事実をまざまざと見せつけられ、死という現実と折り合いをつけるまでに、多くの時間を要した。

恋人がいなくなってから、遼子は朝目覚めるごとに、自分が少しずつ死んでいくのがわかった。大きな喪失感は、遼子自身をも侵食していった。笑ったり、食べたりしたあとは罪悪感にさいなまれ、人知れず嗚咽した。そういう状態がどのくらい続いただろうか。三年ぐらいだろうか。遼子は大学を卒業し社会人になり、恐る恐るつま先を日常におろし、浮遊していた自分自身を少しずつ生身の身体に戻していった。それは、おそろしく根気のいる作業だった。

けれどどうだ。その何年か後にはめくるめく恋をして、結婚をし、子どもまで授かった。日々の雑事に追われ、亡くなった恋人の影は薄れていった。新たにやってくる一日が無事に過ぎるよう、ただ懸命に生きてきた。

「二十年以上経つんだ……」

心の声がもれる。時の流れというのはすごいものだと、改めて感じる。彼の死が、こんなふうにたまに思い出す程度の、幻のような思い出になるなんて当時は思いもしなかった。柩に横たわった恋人に抱きつきながら、これから一生泣いて暮らすのだと思った。幽霊でもいいから会いたいと願い、残された遺品をかき抱いては匂いをかぎ、死んで会えるのなら死んでもいいと本気で思っていた。

一方で、去年の父の死は、遼子にさほどの衝撃を与えなかった。それは、事前に多少の心の準備ができていたこともある。七十三歳。まだまだ現役と言われる年齢だったけれど、それでもどこかに仕方がないというあきらめがあった。病魔は父の身体をむしばんでいたし、親はいつか死んでしまうものという諦念が胸の内にあった。

遼子にとって近しい二人の死には、病死と事故死の違いだったり、身内と恋人の違いがあって一概には言えないけれど、確実にわかるのは、歳を経て自分は相当たくましくなったということだ。図々しくなったともいえる。

二十歳の頃の感受性を、四十一歳の遼子は持ち合わせていなかった。歳を重ねるというのは、こういうことなんだと思った。それを、つまらないという人もいるかもしれないけれど、遼子にとってはすばらしいことに思えた。悲しみを受け入れることができるというのは、これまでそれなりに一生懸命生きてきたことへのご褒美のように感じられるのだった。

ふいに、亡き恋人は今どこでどうしているのだろうと思う。去年亡くなった父はどこにいるのだろうと。

枕元の時計は十時半になるところだった。そろそろ起きたほうがいいと思い、身体を半身起こしたところで、スマホが鳴った。手に取ると、幼なじみの友人の名前が表示されていた。

「もしもし」

「遼子？　ひさしぶり。元気？」

美音だった。遼子の保育園、小学校時代の幼なじみだ。

「さくら小のクラス会だけどさ」

「欠席のはがき出したわよ」

かぶせるように返事をした。遼子は小学校卒業とともに引っ越し、その後もここ新潟で生活しているので、わざわざ都内まで出向いて行く気にはならなかったし、特に会いたい級友がいるわけでもなかった。今電話で話している美音とは、こうしてたまに連絡を取り合っているので、それで充分だった。

「それがさ、四葉ちゃんが来るんだって」

「……四葉ちゃん？」

「やだ、遼子、あんた忘れちゃったの？　信じられない！　四葉ちゃんよ、藤原四葉ちゃん」

思い出そうと瞳を動かしたとき、唐突に記憶が呼び覚まされた。その記憶は、瞬く間に遼子の頭のなかをいっぱいに満たした。

「四葉ちゃん！　あのお屋敷に住んでいた四葉ちゃんね！　覚えてる！　もちろん覚えてるわ！」

すぐに思い出せなかったくせに、と美音があきれた声を出す。

「わたしも今年はいいかなあと思って欠席にしちゃったんだけど、四葉ちゃんが来るなら出席しようと思って。遼子もどう？　一緒に行かない？」

「うん、行く！　行くわ」

間髪を容れずにそう答えた自分に、遼子自身が誰よりもびっくりしていた。

「よかった！　じゃあ、うちに泊まればいいわ。たのしみだねえ」

美音が子どものような声で言うので、おかしくなる。けれど、自分もたいそう胸がおどっているのだった。

電話を切ったあと、遼子は、ああ、そうか、と合点した。昨日は父の一周忌で、そこから昔の恋人のことや、亡くなった祖母の法要について思いをめぐらせたことが、四葉ちゃんにつながったのだと、そう思ったのだった。

歳を経てからというもの、何事にも意味づけをしてしまう癖がついていた。そうすることによって、マイナスなことも前向きに考えられるようになる。すべてのことに意味があると考えると、恐れるものはなくなっていく。

今思えば、恋人の死や父の死の際、どうして四葉ちゃんの存在を思い出さなかったのか不思議だったが、きっとそれにもなにかしらの意味があったのだろうと遼子は思う。

三十年ぶりに会える四葉ちゃん。このタイミングで四葉ちゃんに再会できることは、今の自分にとって、大きな一歩になるように思えるのだった。

＊　＊　＊

空がきれい。青い空に、太陽光線の半透明のベール。五月の三時の空。こんな空の絵が描けたらどんなにいいだろう。青い絵の具を溶いて画用紙いっぱいに敷き詰めて、その上に白色を薄めて筆で流す。

わたしは頭のなかで画用紙に描かれる絵を想像して、違う違うと首を振る。青に白を重ねたってだめ。それだと、ただの白い雲になってしまう。じゃあ先に、パレットで青色に白色を混ぜたらどうだろう。ううん、だめだめ。青と白を混ぜたら水色になってしまう。

こんな写真みたいな透明の青空なんて、描けっこない。そもそも、写真みたいな、っていう表現がおかしい。今ここにある空が本物なんだから、写真みたいな、っていうのは間違っている。だって、写真のほうがにせものだもの。

窓際の席は、太陽の光がたくさん入ってくる。ゴールデンウィークが終わってからは、快晴続きで気温も高い。初夏って感じだ。

太陽の光に顔を向けたまま目を閉じてみる。まぶたの裏側にいろんな模様が見える。点や線やおたまじゃくしみたいなやつ。

あれ？　目をつぶったときって、いつもそこに見えるのはただの黒い闇なのに、今は黒じゃない。なんだろう、この色。赤？　うん、そうだ、これは赤色だ！　わあ、なんて不思議なんだろう。なんで赤色？　空をずっと見てたから？

「江里口遼子さん。どうかしましたか」

名前を呼ばれて、ん？と目をつぶったまま眉を持ち上げたら、今度は赤から黄色に変わった。すごい！　眉毛を上げただけでなんで黄色に変わったの？　まぶたの面積が広がったからだろうか？　すごい発見だ。

「遼子さん？　江里口遼子さん」

ぱっと目を開けたら、担任の浅野先生と目が合った。

「大丈夫ですか？」

大丈夫です、と答える。隣の席の柊介が、今、お前寝てただろ？　と大きな声で言い、どっと笑いが起こった。

「遼子さん、目をちゃんと開けて授業を受けましょう」

浅野先生の言葉に、またどっ、と笑いが起こる。

寝てないから、と小さく言って柊介をにらむと、柊介はとぼけた顔をして唇をとがらせた。先生が宿題の範囲を黒板に書き、それをノートに書き写したところでチャイムが鳴った。

ランドセルに教科書を詰め込んでいると、

「遼子、一緒に帰ろ」

と、美音に声をかけられた。

「うん、帰ろう」

美音と一緒に教室を出る。同じタイミングで、隣の二組からも生徒たちが出てきた。美音が、あっ、と小さく叫び、そちらにかけ寄って行く。去年までクラスが一緒で、美音と同じグループだった女子たちだ。

「ああ、美音」

彼女たちはそれだけ言って、新しい友達を交えた数人でたのしそうにおしゃべりしながら行ってしまった。

見てはいけないものを見てしまったようで、わたしは思わず目をそらす。

「つまんない！」

リノリウムの廊下に仁王立ちして、美音がどんっ、と足を踏み鳴らした。

「なんでわたしだけ三組なのよ！　ずるい！」

五年生は三クラスあって、美音と仲がいい子たちは、みんな一組と二組に分かれてしまった。美音だけが三組になった。わたしと美音は家が近いから一緒に帰るけど、去年までは家が近くても一緒に帰ってはいなかった。美音は他の友達と下校していたし、わたしもべつの友達と帰っていた。今は誘われるから、こうして一緒に帰っている。

「あーあ」

美音が道路脇にある小石を蹴る。小石は誰かの家の塀にぶつかって、また戻ってきた。ちょうどわたしの前に来たけれど、べつに蹴りたくなかったからそのまま通り過ぎたら、なんで蹴らないのよ、と美音ににらまれた。

「ほんっと、遼子ってお気楽でいいよね」

「お気楽？　どういう意味？」

「知らない。うちのお母さんがよく言ってる。わたしに」

「ふうん」

お気楽。なんとなくたのしげな雰囲気だけど、きっと美音はちょっといやな感じに使ったのだと思う。

「仲のいいみんなと別れちゃって残念だったね」

わたしの言葉に、美音はふんっ、と鼻息だけで返事をした。

「遼子、今日遊べる？」

「今日はそろばんがあるから無理だなあ」

「ちぇっ、つまんないの」

「あれ？　美音、ミニバスは？　今日は練習ないの？」

美音は、地域のミニバスケットボールのチームに入っている。

「もうやめる。つまんないもん」

美音は、じゃあねバイバイと言って、角を曲がっていった。曲がった先に美音の家がある。わたしもバイバイと言って手を振ったけれど、美音は振り向かなかった。

美音、ミニバスうまかったのになあと、残念に思う。仲がいいミニバスの仲間たちもほとんど一組と二組になってしまって、美音はそれがつまらないらしい。

「そろばん行くの面倒くさいなー」

そうつぶやいて、目の前にあった小石を蹴る。小石はここころんと転がって、からら、と排水溝の鉄格子に吸い込まれていった。さっき美音が蹴った小石、今みたいに蹴ってあげればよかったなと思った。


「このクラス、ダサい。おもしろくない」

休み時間、美音がわたしの前のよっちんの席に座って、こっちを見て頬杖をついている。今日もいい天気だ。

「なんか、ばらばらって感じしない？」

「そうかな」

「そうだよっ！」

美音がわたしの机を叩く。ふと見ると、よっちんが横に立っていた。トイレから戻ったのだろう。よっちんはじっと自分の席を見つめている。そこには美音が座っている。

「ちょっとぐらい座っててもいいでしょ？」

美音が上目遣いでよっちんに言った。よっちんは、

「本を読みたいからどいてほしい」

と答えた。美音は一瞬驚いたような顔をして、それから目を吊り上げた。

「ケチ！」

ひとこと言って、美音は廊下側の自分の席に戻っていった。よっちゃんは、まったく動じない様子で、さっそく文庫本を広げて読んでいる。

「その本、おもしろい？」

顔を突き出して聞いてみる。

「ふつう」

そう言って、すぐに本に視線を戻した。

美音は机に突っ伏している。泣いているわけではないだろう。どちらかというと、むかついているように思える。まさかよっちゃんに、あんなふうに言われるとは思っていなかったのだ。でも、美音が怒るというのはちょっと違うと思う。よっちゃんはべつに悪くない。

五年三組はなんていうのか、これまでのクラスとは雰囲気が違う。特に女子たち。特定の誰かとつるむ子が少なくて、ほとんどグループ化していない。

前の席のよっちゃんは本好きだし、ゆんこはずっと漫画を描いているし、ひーちゃんは休み時間ともなれば男子に交じってサッカーをしている。礼子と友美はお菓子のレシピ作りに余念がないし、真帆や桐子たちはネイルやファッションのことで忙しい。美音もファッションが好きだから、真帆たちと一緒にいればいいのにと思うけれど、去年まで対立していたグループなので、そう簡単にはいかないらしい。

わたしは特にこれといった趣味はないけれど、とにかくぼうっとしているのが好きだ。窓から見える遠くの景色や、空や木を眺めていると、あっという間に時間は過ぎていく。

わたしも美音と同じように、四年生のときに仲がよかったみんなはそろって一組になってしまって、一人あぶれたくちだ。クラス発表のときは落ち込んだけれど、一ヶ月が経った今、やけにしっくりきているというか、妙な居心地のよさを感じている。

クラスメイトたちそれぞれが、一人で満ち足りている感じだから、誰かと一緒にいなければとあせる気持ちはなくて、とっても楽ちんなのだ。一人で過ごすことに、まったく引け目を感じなくていい。かといって仲が悪いというわけではなく、特定じゃない誰と一緒にいてもたのしく過ごせる。けれど、美音だけはいまだ落ち着かない様子で、少し気の毒になる。

美音とは幼なじみだ。保育園からずっと一緒。一、二年のクラスも、三、四年のクラスも同じだった。一、二年のときまではよく一緒に遊んでいたけれど、三年生になった頃から遊ばなくなった。美音には気の合う友達が大勢できたし、わたしとは、おもしろいと感じることが変わっていった。

美音は顔もかわいいし、ミニバスもうまいし、いつもクラスの中心にいる存在で目立っていた。もちろん今だってそうだけど、五年三組はちょっとばかし勝手が違うらしい。

所在無げな美音は、最近なんだか怒りっぽい。

　美音に視線を戻すと、いつのまにか四葉ちゃんが美音の隣に立っていた。二人でなにやら話をしているようだ。

「へえ……」

　思わずつぶやいて、二人の様子を眺める。めずらしいこともあるものだと思ったのだ。藤原四葉ちゃんとは五年生になって、はじめて同じクラスになった。四葉ちゃんはとてもおとなしい女の子で、あまり他の人と話しているところを見たことがない。授業で指されればちゃんと声を出して答えるけれど、普段はたいてい一人でいて、クラス全体を見回してにこにこしているだけだ。不思議ちゃん、と呼ばれているのを聞いたこともある。

　チャイムが鳴った。四葉ちゃんが笑顔で席に戻る。美音の表情はわからなかったけれど、背筋がしゃんと伸びていた。


「ねえ、さっき、四葉ちゃんとなにを話してたの？」

帰り道、美音に聞いてみた。美音は、ああ、あれね、と少し得意気な顔になった。

「あの子、ちょっと変わってるよね」

わたしはあやふやに、小さくうなずく。

「なんか急に、大丈夫だよ、って言われたの。美音ちゃんは大丈夫だよ、って」

「え？　なにが大丈夫なの？」

「知らなーい。強くてきれいだから大丈夫だって」

そう言って、美音が鼻の穴をふくらませた。うれしいときの顔だ。確かに美音は強いしきれいだけれど、急にそんなことを言ってくるなんて、四葉ちゃんて、やっぱりちょっと変わっているのかもしれない。

「突然声かけてきたから、最初はびっくりしたんだけど、四葉ちゃんに大丈夫って言われたら、本当に全部が大丈夫な気がしてきたの。ちょっと元気になった感じなんだー」

「そうなんだ。よかったね」

「今度から、四葉ちゃんと一緒にいようかなー」

「うん、いいんじゃない？」

そう答えると、美音はものすごくへんな顔をして、ふんっ、とそっぽを向いた。

「わたしも四葉ちゃんと仲よくなりたいし、三人で遊べるといいよね」

本心だったので、そう付け足した。

「えー、でもちょっと変わってるんだよねえ。一緒に遊ぶの、どうかなあ」

自分で言い出したくせにへんなの、と思ったけど、言わなかった。

そのとき、ダッと誰かが猛スピードで走ってきて、美音が前につんのめった。

「いったーい！」

「美音！　大丈夫!?」

美音は膝（ひざ）をさすっている。

「わりい、見えなかった！」

柊介がへらへらと笑いながら、こっちを見ていた。後ろから走って来て、美音のランドセルに体当たりしたのだ。

「転ぶなんて、どんくさっ！」

そう言って、柊介が走って逃げていく。

「ちょっと！　待ちなさいよ！」

立ち上がった美音が柊介を追いかけた。柊介のランドセルに追いついて、ぐいっと引っ張る。今度は柊介が尻もちをついた。

「いってえな。暴力女！」

「そっちが先にやったんでしょ！　ガキ！」

美音と柊介は互いにののしり合いながらも、どこかたのしそうだった。子犬同士でじゃれ合っているみたいだ。

「仲いいねえ」

と、なんの気なしに言ったら、二人は動きを止めて、驚いたようにこっちを見た。ん？　と首を傾げると、二人はバッと離れて、柊介はそのまま走って行ってしまった。

「なんか、遼子ってさ……」

「ん？」

「ちょっとずれてるよね……。今、空気凍った」

「えー、そう？　仲よくていいじゃない」

美音はうらめしそうにわたしを見て、四葉ちゃんのほうがまともかなあ、などと、わたしに対しても四葉ちゃんに対しても失礼なことをつぶやいた。

「じゃあね。バイバイ、遼子」

今日はそろばんがないから、美音と遊べるかなと思ったけど、美音はさっさと帰ってしまった。

道ばたに、白い花がたくさん咲いていた。ハルジオンだろうか。こないだお兄ちゃんの彼女の紗知ちゃんから、瓶に入ったクッキーをもらって、その瓶がとってもかわいかったので洗ってとってある。あの瓶にこの花を活けたらすてきだろうなあと想像したらうれしくなって、少し摘んでいくことにした。

「なんだろ、これ」

花のところが茶色くなっていた。目を近づけて見てみると、それは小さなシャクトリムシだった。シャクトリムシは、からだを伸ばしたり縮めたりして動いている。トゲみたいな脚が三対あって、後ろのほうにもちょっと太めの脚が二対ある。こんなふうにシャクトリムシをじっくり見るのははじめてだ。とってもおもしろい。たまに後ろ脚だけで立ったりする。

見ていてぜんぜん飽きなかったけれど、しゃがんでいる足が痛くなってきたので立ち上がった。シャクトリムシがついている花だけ残していくことにして、他は持ち帰ることにした。

「ただいまあ」

玄関で言ってみたけれど、返事はなかった。お母さんはきっと買い物にでも行ったのだろう。二階にある自分の部屋に行こうと思ったところで、思わず、きゃっ、と声が出た。

「お、おばあちゃん？」

おばあちゃんが階段の下の段に座っていたのだった。心臓が止まるかと思った。おばあちゃんは、上目遣いにわたしを見て、おかえり、と小さな声で言った。病気のせいで、首ががくっと下がってしまっている。まるで首のネジが外れた人形みたいだ。

「寝てなくていいの？」

声をかけてみたけれど、おばあちゃんはなにも答えない。手指が小刻みに震えているだけだ。

「おばあちゃん、わたし二階に行きたいから、ちょっとどいてくれる？」

おばあちゃんは、うん、と小さく言って立とうとしたけれど、なかなか立ち上がれないようだった。うんうん、とがんばっているけれど、頭が上下に揺れるだけで足腰はまったく動いていない。

「立てない？　わたしが引っ張ろうか」

お願い、とおばあちゃんが言う。

「ちょっと待ってて」

わたしは台所の洗い桶に水を張って、摘んできた花をひとまず入れた。

「おばあちゃん、いい？　せーの、で引っ張るよ。いい？　せーの！　うんしょっ」

重いだろうと予想して思い切り引っ張ったのに、わたしが、せーの、と言った瞬間、おばあちゃんはすっと立ち上がった。

え？　と思う間もなく、おばあちゃんが勢いよく前のめりに倒れてきた。支えきれずに、わたしはおばあちゃんと一緒にそのまま後ろに倒れてしまった。ランドセルがクッションになって頭は打たなかったけれど、かなりの衝撃だった。おばあちゃんはわたしの上に乗っかって倒れている。

「ごめんね、おばあちゃん！　大丈夫だった？　どこか打った？」

ああ、大変、とおばあちゃんがわたしの胸元でつぶやく。重い。どうしよう。ここからどうやって動けばいいのかわからない。

そのとき、玄関の戸が開く音がした。お母さんだ。ナイスタイミング。

「なにやってるの！」

ちょうど玄関から見える場所だったので、すぐに気付いてくれた。

「どうしたの、いったい。まあ、どうしてこんなことに……」

　お母さんがかけ寄って、おばあちゃんの関節をひとつずつ丁寧に動かして、上手に立たせた。

「どこか痛いところはありませんか」

　だいじょうぶ、とおばあちゃんは答えた。お母さんはおばあちゃんの手を引いてゆっくりと歩きながら、部屋に連れて行った。

「いたた」

　肘を床に打ち付けてしまった。あとで湿布でも貼っておこう。

　わたしは二階にランドセルを置いて、クッキーの瓶を持って下に戻った。ちょうど、お母さんがおばあちゃんの部屋から出てくるところだった。

「まったく。どうして転んだりしたの」

　わたしの顔を見るなりそう言って、大きなため息をついた。わたしは事の顛末を説明した。

「とにかくおばあちゃんに怪我がなくてよかったわ。骨でも折れたら大変だったもの。遼子は大丈夫だった？」

「うん、肘を打っただけ。ねえ、お母さん。わたし発見したんだけど、おばあちゃんって、自分では立ち上がれないけど、ほんのちょっとだけ手を貸せば立てるんだね。わたし、力いっぱい思い切り引っ張っちゃったの。だから倒れちゃったんだ。悪いことしちゃった」

お母さんはふうっ、と息を吐き出してから、ゆっくりとうなずいた。

「おばあちゃんは、自分で動くタイミングがうまくつかめないときがあるの。すんなりできるときもあるんだけどね」

そうなんだね、と、わたしはうなずいた。今度からは気を付けて手を貸さなければ、と心に留めた。

「このお花、おばあちゃんの部屋に飾っていいかな」

花を見せると、お母さんは、すてきね、と言ってくれた。

「でも、手が届くところだと危ないから、おばあちゃんが触れないところに置いてくれる？」

「わかった」

クッキーの瓶にお花を活けた。とってもかわいくて、見ていると気分があがる。おばあちゃんの部屋のふすまを開けると、おばあちゃんはベッドに腰かけていた。これまでは布団だったけれど、おばあちゃんが病気になってからベッドを買った。

「おばあちゃん、横にならなくていいの？　かわいいお花を摘んできたんだよ。飾るね」

そう言うと、おばあちゃんは目だけを動かして花を見て、ヒメジオンだね、と言った。

「ハルジオンじゃないんだ」

「花びらが白いでしょう。葉っぱもまっすぐだしねえ」

ゆっくりとそう言って、かわいいねえ、とつぶやいた。

お母さんに言われた通りに、おばあちゃんの手の届かないタンスの上に置こうと思ったけれど、おばあちゃんの顔はいつも下向きだから、タンスの上に置いたら見えなくなってしまう。少し考えて、テレビの上なら視線がちょうどいいだろうと思って、そこに飾ることにした。

「遼子ちゃん、どうもありがとう」

おばあちゃんはとても小さい声でそう言ってから、ものすごくゆっくりとした動作でベッドに横になった。毛布をかけてあげて、わたしはしずかに部屋を出た。

おばあちゃんは、パーキンソン病という病気だ。最初聞いたときは、外国人の名前みたいでかっこいいと思ったけれど、そのときのみんなの会話の雰囲気が深刻だったから、これは大変な病気なんだってわかった。

今年のお正月、おばあちゃんは腕によりをかけておいしいおせち料理を作ってくれたのに、まだ半年も経たない間にこんなふうになってしまった。一人でお風呂も入れなくなってしまい、歩行もちょこちょこ歩きだ。背中が丸まって、顔はいつも下を向いている。おばあちゃんは、すっかり本物のおばあちゃんになってしまった。

まだ六十代なのに、と前にお父さんが言っていて、わたしははじめておばあちゃんの年齢を知った。六十九歳。わたしからみると、六十九歳なんて想像もつかない年齢だ。

お父さんは四十四歳、お母さんは四十二歳。お父さんの年齢もお母さんの年齢も、はるか遠くに感じる。お兄ちゃんは十七歳。十七歳だってまだまだ先だけど、でもまだなんとなくは想像できる。あんなお兄ちゃんでも、彼女ができたりする歳なんだってこと。

わたしは、自分が十七歳になったときを想像して、少しだけけたのしくなる。

しばらくしてから、お兄ちゃんが帰ってきた。そのまま二階にあがってきて、

「おい、遼子」

と、わたしの部屋に入ってきた。

「なんだ、勉強してたんじゃなかったのか」

机の前に座って、頬杖をついて窓の外をぼうっと眺めていただけだったので、慌てて宿題のノートを出して、「今からやるところ!」と返した。

「勝手に入ってこないでよね。ノックぐらいしてよ」

お兄ちゃんはげらげらと笑って、なにがノックだ、と言った。

「なにか用? 用がないなら出てって」

「おお、こわっ」

お兄ちゃんの高校の制服はブレザーだ。えんじ色のネクタイをだらしなくゆるめて、かっこつけている。

「お前、今日、ひまだよな? あとで撮影を手伝ってくれ」

「撮影って?」

「映画に決まってんだろ。お前を出演させてやる」

お兄ちゃんはそれだけ言うと自分の部屋に入っていき、なにやらバタバタとやりはじ

めた。お兄ちゃんは高校で映画研究部という部活に入っている。みんなで映画を観たり、作ったりするらしい。

やるなんてひとことも言っていないのに、相変わらず勝手なお兄ちゃんだ。だけど、一応お気に入りのワンピースに着替えておこうと思った。せっかくなら、自分の好きな洋服で撮ってもらいたい。

クローゼットを探っていると、お兄ちゃんがまたノックなしで入ってきた。

「お前、なにやってんの」

「なにって、着替えようかと……」

「衣装は用意してある。これに着替えろ」

そう言って、紙袋をよこした。

紙袋を開けると、なかに茶色いつなぎが入っていた。ところどころ色が抜けている。

「紗知が作ったんだぞ。すごいだろ」

「なにこれ」

「脱色したんだ。かっこいいだろ」

「やだ、こんなの着たくない。絶対いやだ」

かわいい格好で撮られるのならともかく、こんな薄汚い服、いくら紗知ちゃんが作ってくれたものだって着たくない。

「もちろん、タダとは言わない」

わたしはお兄ちゃんの顔を見た。

「紗知の手作りシュークリームでどうだ」

猛烈に食べたい！　紗知ちゃんお手製のお菓子は最高だ。

「それだけじゃ、やだ。お兄ちゃんもなんか出すのが当然だよね」

「なんだよ、がめついなあ。よし、じゃあ、五百円でどうだ」

五百円⁉　思わず顔がほころんでしまう。

「うーん、仕方ない。まあいいよ」

「よし、じゃあ、いそいで着替えてくれ。河原まで行くから」

「この格好で？」

そうだ、とお兄ちゃんはうなずいてから、また自分の部屋に戻っていった。とりあえず、袖を通してみた。鏡の前に立ってみると、ひどくみすぼらしい姿のわたしが映っている。フードのついた作業着のような茶色いつなぎ。指先まですっぽり隠れる長さの袖だ。漂白してあって、ところどころが色あせしていて、いかにも汚れている感じをかもし出している。

「お、できたか。行こう」

わたしはお兄ちゃんに引っ張られるようにして、自転車の後ろに乗せられた。十分ほど走ったところで、河原に着いた。映画研究部員らしい四人と紗知ちゃんがいる。

「遼子ちゃん、こんにちは。今日はどうもありがとうね。衣装とってもよく似合ってるよ」

　あんまり似合いたくないなあと思ったけど、一応お礼を言う。

「遼子ちゃん、ちょっとこっち来て。メイクするから」

「メイク？　メイクってお化粧のこと？」

「うん、そうよ」

　紗知ちゃんともう一人の女の人が来て、化粧道具を出しはじめた。お化粧なんてはじめてだ。

「え？　これ？」

　紗知ちゃんたちが取り出したのは、ふつうのメイク用のものではなく、茶色のクリームみたいなものだった。

「ちょっとだけだからね。ごめんね、協力して」

　言うが早いか、刷毛（はけ）みたいなものを使って、どんどんわたしの顔に塗っていく。

「おーい、できたか？　日が暮れるから早くしてくれ」

　お兄ちゃんが遠くから叫ぶ。紗知ちゃんが「オッケー」と言って、腕で丸を作った。

「見てみる？」

　もう一人の女の人が、手鏡を見せてくれた。

「……げっ」

　茶色く塗った顔のところどころに、黒色が足されている。田んぼに落ちて泥だらけになったみたいだ。

「これ、落ちるの？」

「うん、ちゃんと落ちるよ。大丈夫」

紗知ちゃんに笑顔で言われても、不安はぬぐえない。落ちなかったら、この顔で明日、学校に行かなければならない。

「遼子！　早くしろー」

お兄ちゃんが大きな声を出す。ビデオカメラを持っている人が二人、スタンバイしている。

「ねえ、わたしっていったいなんの役なの？」

「言ってなかったっけ？　お前は、人間になりそこなったモグラだ」

「は？」

「まあ、いいよ。とにかくそこに横になって手足を縮めろ。そして自分で十秒数えたところで、四つん這いになってのろのろと動いてくれ。人間になりそこなったモグラの気持ちになれよ。そろそろ日が落ちるぞ！　準備いいかあ！」

オッケー、と、何人かの声がした。ここまできたらやるしかなく、わたしはお兄ちゃんに言われた通りに、河原の草のなかに横になって手足を縮めた。

「いいぞ、遼子。それでオーケーだ。スタートがかかったら十秒数えて、四つん這いで動く。いいな」

よーいっ、スタートッ！

誰かが、大きな声をあげた。ここからカメラが回るらしい。わたしはゆっくりと十秒数える。人間になりそこなったモグラって、どんな気分だろうと思いながら。十秒が経過し、わたしは四つん這いになって、お兄ちゃんに言われた通りにのろのろと動きはじめた。


人間になりたかったのに、なれなかったよう。こんなことになるなら、モグラのままでいればよかった。モグラのままで、居心地のいい土のなかの世界をたのしんでいればよかった。人間に憧(あこが)れた自分がばかだった。ああ、こうして夕陽を浴びながら死んでいくのか。なんて愚かだったんだ。

わたしはそんなふうに、瀕死(ひんし)のモグラのことを思って、よろよろと四つん這いで動いた。人間になりそこなったモグラを思うと、気の毒すぎて泣けた。


「カアーットッ！」

大きな声がかかった。

「遼子！　名演技だったぞ！」

お兄ちゃんが言う。

「遼子ちゃん、よかった！　すっごく雰囲気出てたよ」

紗知ちゃんもかけ寄ってきて、声をかけてくれる。

「なんだお前、泣いてるのか？　大丈夫か」

わたしは涙をぬぐった。人間になりそこなったモグラがかわいそうで仕方ない。

「なんだよ、遼子。泣くほどいやだったのか。悪いことしたなあ。じゃあ、五百円じゃなくて千円にしてやるよ。ご苦労様。ありがとうな」

勘違いしたお兄ちゃんが言う。思惑は違ったけれど、わたしはうなずいた。千円ラッキー！　と思いながら。

出番が終わり、紗知ちゃんともう一人の女の人が、顔に塗ったメイクを落としてくれた。きちんと落ちたし、最後は乳液までつけてくれたので、ちょっとうれしかった。

「ごめんね、遼子ちゃん。無理なお願いしちゃって」

わたしは健気（けなげ）なふりをして、ううん、大丈夫、と答えた。

「ねえ、紗知ちゃん。モグラが人間になりたいだなんて、そんなのありえないよ。モグラはモグラのままで充分しあわせだと思う」

わたしが言うと、紗知ちゃんともう一人の女の人は顔を見合わせて、ぷっと吹き出した。

「ダメ出しされたあ！」

「脚本どうなのって話！」

そう言って笑う。

「ひろくん、哲学的な映画を撮りたいんだってさ」

ひろくんというのはお兄ちゃんのことだ。

「よし、今度は恋愛映画にしよう」

「そうしよ！　涙腺崩壊のやつ」

紗知ちゃんと友達はそう言い合った。

「そうだね、恋愛映画のほうがまだましかも」

わたしが言うと二人はまた吹き出して、涙を流しながら爆笑した。箸が転んでもおかしい年頃らしい。

その後、夕焼けをバックに川面に小石を投げるというシーンを撮るというので、わたしも見学させてもらった。小石を投げる役はお兄ちゃんだったけれど、後ろ姿だから、きっと誰でもよかったのだろう。お兄ちゃんは水切りが得意だ。平たい石を投げると、トントントンと五回ぐらい石が水面をはねていった。

いったいぜんたいどんな映画ができあがるのかさっぱりわからなかったけれど、みんなで協力しながら、わいわいと撮影を進めていく様子はたのしそうだった。


「遼子ちゃん？」

撮影が終わり、河原の土手で体育座りをしながら、お兄ちゃんを待っているとき、ふいに名前を呼ばれた。振り返ると、四葉ちゃんが立っていた。

「えっ？　四葉ちゃん？　な、な、なんで？」

四葉ちゃんはにこにこと笑っている。わたしは暮れてゆく遠くの山並みを眺めながら、二ヶ月後の夏休みのことを考えていたのだった。藍色の夜にやる線香花火や、町内のお祭りで食べる綿あめや、海水浴に履いていくビーチサンダルのこと……。

だから、四葉ちゃんに急に声をかけられて、ものすごくびっくりしたのだ。まるで降って湧いたみたいに、四葉ちゃんは現れた。

「すてきだね」

「な、なにが？」

「遼子ちゃんの格好」

「わわ、やだ、これはお兄ちゃんに頼まれて……」

自分の格好のことをすっかり忘れていた。

「まるで神様が、人間のふりをしてるみたいな姿だね」

「え？」

驚いた。なんという発想だろうか。人間になりそこなったモグラの格好をしているのに、神様が人間のふりをしているとは。やっぱり四葉ちゃんはただものではない。

「四葉ちゃんはなにしてたの？　こんなところで」

河原は学区とは反対方向なので、このあたりで遊ぶことはあまりない。

「夕焼けがきれいだから、お散歩してたの。今日も一日ありがとうございます、って」

一瞬言葉に詰まってから、そうなんだ、と返した。四葉ちゃんは、本当に不思議な子だ。

「それとね、遼子ちゃんに会えるような予感もしてたの」

「え？　どういうこと？　超能力⁉」

わたしが勢い込んでたずねると、四葉ちゃんは愉快そうに笑った。

「超能力ではないと思う。ただの予感かな」

「ふうん、そうなんだ」

と返しつつ、でも心のなかでは、絶対に超能力だと確信していた。四葉ちゃんだったら、充分あり得ると思うから。

「ねえ、四葉ちゃん。今度遊ぼうよ。美音も一緒に」

四葉ちゃんは、うんと大きくうなずいて、

「遼子ちゃんも美音ちゃんもとってもいい」

と、自分に言い聞かせるようにつぶやいた。

「じゃあ、また明日」

「うん、じゃあね、バイバイ」

薄暗くなってきた空を眺めながら、四葉ちゃんはスキップするように歩いていった。

「遼子、今日はご苦労さんだったたな。出演料だけど、八百円にまけてくれ。千円で二百円のお釣りよこせ」

またノックなしで勝手に部屋に入ってきたお兄ちゃんが、千円札を渡しながらそんなことを言う。わたしは無言で、千円札をお財布にしまった。もちろんお釣りなど返すわけがない。

「遼子はケチだなあ」

「ケチなのは自分でしょ」

「金欠なんだよなあ」

「知らないよ、そんなの」

河原でモグラの役をやらされて、千円でも安いくらいだ。

「映画いつ完成するの？」

「撮影もまだ少し残ってるし、編集作業に時間がかかるからまだまだだな」

「文化祭で上映するんじゃないの？」

「それまでには間に合わせる」

「タイトル、なんていうの？」

まだタイトルも聞いていなかった。

「『冥王星（めいおうせい）からの使者X／サインコサインタンジェント』だ」

まったく意味不明のタイトルだ。それに冥王星からの使者の映画に、なぜ人間になりそこねたモグラが出てくるのかわからない。この時点ですでに失敗ではないだろうかと思ったが、面倒なので口には出さなかった。

「文化祭見に行くよ」

とりあえずそう返すと、お兄ちゃんは、たのしみにしとけよ！　と胸を叩き、自信に満ちた顔つきで部屋を出て行った。

お兄ちゃんが自分の部屋に入ったのを確認してから、わたしは机の引き出しの奥から、鍵（かぎ）付きのノートを取り出した。今年のお年玉で買った、とっておきのノートだ。表紙に、ポエムノート／RYOKO と油性ペンで書いてある。

いちばん最初のポエムは、「新しい年」というタイトルだ。

新しい年

新しい年が　やってきた
時間って　不思議
生きてるだけで　時間が過ぎていく
時間が過ぎていくと　年もふえていく
年がふえていくと　からだも大きくなる
今年のわたしは　去年のわたしより　大きい

と、ここで終わっている。もっとなにか書きたかったけれど、思い浮かばなかった。

次のポエムは「新学期」だ。

新学期
五年生になった
高学年だ
先生は　浅野先生
五年三組　たのしいといいな

たった四行。読み返すとがっかりしてしまう。これじゃあ、ポエムじゃなくてただの日記だ。

鍵付きノートには、まだこの二つしか書いていない。せっかくの鍵付きノートなのに、まったく使いこなせていない。

わたしは、新しいページに、「モグラはモグラで」というタイトルを書いた。モグラの演技をしているうちに、人間になりそこなったモグラの気持ちがわかったような気がしたからだ。

モグラはモグラで

これまでずっと　土のなかにいた
土のにおいは　いつだってやさしくて　ぼくはいつだって　守られていた
地上のうわさは　聞いたことがあった
いろんな色と　においと　音が　ある世界
ある日　えらい人がきて　人間にしてくれると　言った
ぼくは喜んで　ぼくが作った　地下迷路をあけわたして　人間になった
地上は　まぶしくて　暑かった
いろんな食べ物の　においがした
気持ち悪くなるほどの　たくさんの色があった
みんなが　わめくように　しゃべっていた
ぼくは　歩くことすら　できなかった
土の世界が　なつかしかった
ぼくは　言葉を　知らなかった
どうやって　声を出したらいいのか　わからなかった
ぼくが　うずくまっていても　だれも　気付いてくれなかった
モグラで生まれたぼくは　モグラのままで　いればよかった

「やだ、最高傑作ができちゃった！」

鉛筆を置いて、思わずつぶやいた。一人称を「ぼく」にしたところが最高にいいと、我ながら思った。仕上げるのに一時間以上かかったけれど、いい出来栄えだ。わたしって、もしかしたら文才があるのかもしれない、などとひそかに思う。

それからページを戻って、最初の「新しい年」を見直した。物足りなかったので、書き足すことにした。

だけど　年をとったら　小さくなる
おばあちゃんは　去年よりも　とても　小さくなってしまった
時間って　不思議だ

その三行を、余白に書き足した。今日はかなり冴えていると、しみじみと思った。

「よっちんって本を読むのが好きだけど、自分でも書いたりするの？」

いつものようにお昼休みに本を読んでいるよっちんに、たずねてみた。

「あー、うーん。いつか書きたいとは思ってる」

と、煮え切らない返事が戻ってきた。

「小説？」

「うーん、まあ、そうかな」

ここでようやく本を閉じて、後ろにいるわたしを振り返った。

「なんでそんなこと聞くの？」

「わたしもたまに書いてるから」

「ええっ⁉」

よっちんがものすごく大きな声を出したので、近くにいた何人かがこっちを見た。廊下側に座っていた美音もわたしのほうに顔を向ける。お昼休みなのに美音と一緒にいないで、よっちんと話していたのが気に入らないのか、美音はわたしと目が合うと、すぐさま顔をそむけた。

「ちょ、ちょっと。そんなに驚かないでよ。わたしが書いてるのは小説じゃなくて、ポエムなんだ」

「ポエム？　ポエムってなに？」

よっちんは怪訝（けげん）そうな顔で聞いたあと、ああ、詩のことか、とつぶやいた。

「うん、詩だよ。よっちんも書いたことある？」

よっちんは、ふっ、と鼻で笑った。

「詩は書いたことないし、書く予定もない。自己陶酔の感が否めなくて」

むずかしい言葉をさらっと言うところが、さすがのよっちんだ。雰囲気で、なんとなく意味はつかめた。

「でもそれは、わたしがまだ感銘できる詩に出合ったことがないからかもしれない。小説のほうが好きで、詩はちょっと敬遠してたからね」

ふうん、とわたしはうなずいた。本当は昨日書いた詩の「モグラはモグラで」を披露しようかと思っていたけれど、なんだか急にはずかしくなってやめた。

「なにかいい詩集があったら教えて。参考にするから」

よっちんはそう言って前を向いて、また本を開いた。

「遼子ちゃん」

いつのまにか四葉ちゃんが横に立っていた。にこにこと笑っている。

「昨日は会えてうれしかった」

四葉ちゃんが言った。

「うん、わたしもうれしかった！」

「一緒にいたの、お兄さん？」

「そう、高校二年生のお兄ちゃん」

「かっこいいね」

「えー？　かっこよくないよ。ケチだし」

わたしは出演料千円のことを話した。四葉ちゃんはたのしそうに笑った。

「わたし一人っ子だから、うらやましいなあ」

「あんなお兄ちゃんでよかったら、いつでも貸すよ」

本当に借りたいなあ、と四葉ちゃんは言って、お兄さんって憧れだなあ、と続けた。

「遼子ちゃんのカンペンケース、かわいいね」

机の上に出しっ放しになっていた、サンリオのキャラクターが描いてある水色のカンペンケースのことだ。

「わたしは四葉ちゃんの布製の筆入れがおしゃれだと思ってたよ。深緑色が渋くてかっこいい。大人って感じだもの」

わたしたちは、いろいろなことをしゃべった。友達になるには欠かせない儀式だ。

「四葉ちゃんはなにをするのが好き？」

わたしのポエムのことは置いておいて、聞いてみた。

「わたしは歌うのが好き」

「歌！　すごいね。誰か好きな歌手とかいるの？」

四葉ちゃんは、少し考えるようなそぶりをしてから、歌じゃないかも、と言い直した。

「ひいおばあちゃんが教えてくれる歌なの。ご詠歌っていうんだけど」

「ごえいか？」

聞いたことがなかった。

「うん、みんな知らないかも」

わたしはうなずきながら、みんなが知らない歌を知っている四葉ちゃんて、すごいなあと単純に思った。

美音はチラチラとわたしたちを見ていたけれど結局こちらには来ず、ひとことも言葉を交わさないうちに昼休み終了のチャイムは鳴った。


「ねえ、お母さん、ごえいかってなに？」

学校から帰って、お母さんにたずねてみた。

「ご詠歌？　わたしもよく知らないけど、うちのお寺さんでも地域の人たちが集まってやっているみたいよ」

「お寺で歌う歌なの？」

「うーん、お経なのかしら。よくわからないわ。おばあちゃんに聞いてみなさいよ。知ってると思うから」

わたしはおばあちゃんの部屋に行ってみた。おばあちゃんは、ベッドにぼんやりと腰かけていた。

「おばあちゃん、ただいま」

おばあちゃんは首を少し持ち上げて、遼子ちゃん、おかえり、と言った。

「ねえ、おばあちゃん。ごえいかって知ってる？」

「……ごえいか？　ああ、ご詠歌ね。お寺さんで檀家（だんか）の人たちがやってるねえ」

「お寺で歌うの？」

「ご詠歌というのは、仏教の教えを五・七・五・七・七にして、曲に乗せて唱えるもののことだよ」

ひどくゆっくりとした口調で、おばあちゃんが教えてくれた。おばあちゃんの話し方はとってもゆっくりだし、声もとっても小さいけれど、いつだってわたしの知りたいことを教えてくれる。でも最近は、ちょっと忘れっぽい。

「それって、ポップスとか演歌とか、ジャンルのことをさすの？」

おばあちゃんは、んー、と首をかすかに傾げて、

「そういうのとはちょっと違うかねえ」

と言った。

「遼子ちゃんは、ご詠歌が好きなの？」

「ううん、わたしじゃなくて、藤原四葉ちゃんっていうクラスの友達が、ごえいかを歌うのが好きなんだって」

おばあちゃんが顔を少し持ち上げた。

「藤原さんて、元町(もとまち)の藤原さんかい？　あのお屋敷の」

「お屋敷？　家には行ったことないけど、うん、四葉ちゃんちは元町のほうだと思う」

学校の向こう側の地区は、元町という町名だ。

「ああ、藤原さん。おばさんは元気かしらねえ。あそこのおばさんも、よくご詠歌をな

さってたわねえ」

「おばさんって、もしかして四葉ちゃんのひいおばあちゃんのこと？　四葉ちゃん、ひいおばあちゃんにご詠歌を教えてもらうって言ってたから」

「あら、そうなの。おばさん、しばらく見かけなかったけれどお元気なのねえ」

「四葉ちゃんのひいおばあちゃんと知り合いなの？」

「顔見知り程度だけどねえ。藤原さんは、昔からの地主さんでね。ここらあたりの土地のほとんどを持っていたんじゃないかしら。わたしがお嫁に来たときから、そりゃあもう有名なお屋敷だったから」

おばあちゃんは、目を細めて言った。なんだか病気をする前のおばあちゃんに戻ったみたいだった。最近はたくさん話すと疲れてしまうと言って、こうして話すことは少なくなっていた。わたしはうれしかった。おばあちゃんの表情も明るい。

「うちのおじいさんと娘さんは、小学校が一緒って言ってたっけねえ」

「娘さん……？」

娘さんといっても、四葉ちゃんのひいおばあちゃんの娘ということになるから、四葉ちゃんにとってのおばあちゃんだ。ややこしい。

おじいちゃんなら、四葉ちゃんちのことを詳しく知っていそうだったけれど、おじいちゃんはわたしが一年生のときに病気で死んでしまった。

「小学校は一緒だから、もしかしたら、光信（みつのぶ）と四葉ちゃんのお母さんは、知り合いかもしれないよ」

光信というのは、わたしのお父さんのことだ。おばあちゃんの長男。

「そっか！　そうだね！　お父さんが帰ってきたら聞いてみる」

四葉ちゃんのお母さんと、うちのお父さんが友達だったらおもしろい。

「四葉ちゃんちに行ってみたいなあ」

わたしが言うと、おばあちゃんは小さく笑い、

「大きなお屋敷だから驚くかもねえ」

と言った。大きなお屋敷。ますます行ってみたい。

ふと見ると、昨日のヒメジオンがしおれていた。花が下を向いて、茎もくたっとしてしまっている。水を替えても、もうだめそうだった。

「これ片付けるね」

瓶を掲げて見せると、おばあちゃんはこくんとうなずき、

「野の花は、野にあるのがいいのかもしれないね」

と、ひとりごとのように小さく言った。

もういいかげん寝ようと思ったところで、お父さんが帰ってきた。飲んで帰ってきたらしく、お母さんが文句を言っている。

「遅いよ」

と、わたしも怒り気味で言った。

「なんだ、遼子。まだ起きてたのか」

背広を脱ぎながら、上機嫌で言う。お母さんは不機嫌だ。

「お父さんが帰ってくるのを待ってたんだよ。聞きたいことがあったから」

「おお、めずらしいな。なんだ？」

「ねえ、お父さん。元町の藤原さんって知ってる？　わたしの友達なんだけど」

たずねると、お父さんは、「ああ、あのお屋敷のか」と言った。

「もしかして、四葉ちゃんのお母さんと友達？」

お父さんは、友達かあ、と言って、なにもおかしくないのに大きな声で笑った。酔っ払っているお父さんはあまり好きじゃない。

「同級生？」

「いやいや、おれよりも学年はいくつか下だったなあ。でも、あのお屋敷は知ってるぞ。幽霊屋敷で有名だったからな」

「幽霊屋敷!?」

びっくりして声が裏返ってしまった。

「お父さんっ！」

お母さんが仁王立ちして、すさまじい形相でお父さんをにらんでいる。

「遼子のお友達の家のことをそんなふうに言うなんて、どうかしているわ。信じられなださい」

い神経よ。飲んで帰ってきたと思ったらくだらないことを言って。いいかげんにしてください」

お母さんが本気で怒るのをひさしぶりに見た。

「おおっ、こわっ」

お父さんは冗談みたいに言って首をすくめて、そのまま風呂場へ直行してしまった。

「遼子もほら、早く寝なさいよ。いつまで起きてるの」

しぶしぶうなずく。とんだとばっちりだ。

「ああ、もうっ。本当にいやになっちゃうわ」

お母さんが怒っているのは、四葉ちゃんちのことじゃなくて、お父さんがお酒を飲んで帰ってきたことがいやだったからだと思う。だってお父さんは、おばあちゃんのことをお母さんに任せて、自分はほとんどなにもしていない。それなのにお酒を飲んで帰ってくるなんて、お母さんが怒るのも当然だと思う。

おばあちゃんは、お母さんのお母さんじゃなくて、お父さんのお母さんなんだから、お父さんが面倒をみるほうが正しい気がする。お父さんがそんな調子だから、お兄ちゃんもおばあちゃんのことには我関せずで、「男なんだからしょうがないだろ」などと言う。

「まったく、男ってしょうがないね。お父さんもお兄ちゃんも」

わたしがそう言うと、お母さんは驚いた顔でわたしを見て、そのあと困ったように小さく笑った。

翌朝早く起きて、お父さんに昨日の続きを聞いてみようと思っていたけれど、お父さんはわたしが起きたときにはもう会社に行ってしまっていた。

昨夜はお父さんに少しむかついていたけれど、こんなに朝早くから会社に行っているのだから、おばあちゃんの面倒を見られないのは仕方ないかもしれないと、少しだけ思った。

その日登校すると、クラスでちょっとした問題が持ち上がっていた。黒板に大きく美音と柊介の名前が書いてあり、二人の名前の間にハートマークが描いてあったのだ。

美音に目をやると、机に突っ伏していた。もしかして泣いているのではないかと危ぶんだけれど、美音は鼻までを腕の間に隠し、目だけをぎろっと出してあたりを見回していた。クラスの様子をうかがっているらしい。わたしと目が合った。わたしは観念して、美音のところに行った。

「おはよう」

「おはようじゃないわよ。黒板見た？」

「うん、見たに決まってる」

「もうやだ、誰があんなこと書いたのよ」

そう言いつつ、本気で怒っているわけではなさそうだった。長年の付き合いだから、それくらいわかる。

わたしが言うと美音はあらぬほうを向いて、小さくため息をついた。

黒板の文字は目立っていて、おそらく登校したみんなはすでに目にしたはずだけれど、クラス内はいつもとほとんど変わりなかった。控えめに騒いでいるのは、真帆たちのグループだけだ。他の女子たちは、黒板を一瞥してそれで終わり。肝心の柊介がまだ来ていないので、男子たちも特に騒いでいない。

「なんか、しずかだね」

と言うと、美音はぷいと顔をそむけた。

「きっと、真帆たちのしわざだと思う。真帆は柊介のことが好きだから、わたしと柊介が仲いいのが悔しいんでしょ」

「だったら、ハートじゃなくてばってんマークとかにすればいいのにねえ」

美音は一瞬ぽかんとして、それから、

「ったくもう！　遼子と話してると調子狂う！」

と言って、バンッと机を叩いた。

しばらくして、柊介が登校してきた。柊介は黒板を見た瞬間耳を赤くして、すぐさま黒板消しをつかんで、猛然と黒板の字を消しはじめた。

「誰だよっ！　ざけんな！」

大きな声だったので、みんなが一斉に柊介を見た。けれどそのあと、柊介はなにも言わないで席に着いたので、みんなもそれきりだった。真帆たちだけが、くすくすと笑っていた。

と、そのとき美音がいきなり立ち上がった。真帆たちのほうへずんずんと歩いていく。

「ちょっと！」

美音の大きな声に、クラス全員がびくっとした。

「黒板に書いたの、あんたたちでしょ！」

さらに大きな声で、美音が言った。

「はあ？　なに言ってんの」

「いきなりなんなの？」

「なんで決めつけてるの？　へんなの」

真帆たちが口々に言う。

「真帆は、柊介のことが好きなんでしょ！」

美音がクラス中に聞かせるように言ったので、今度はみんなが一斉に真帆のほうを見た。真帆は顔を真っ赤にして直立のまま動かなかったけれど、突然、わあっ、と顔を覆って、泣き出した。教室中がしんと静まる。

「真帆が書いたって証拠あるの！」

真帆のいちばんの友達の桐子が言って、美音に詰め寄った。

「あ、あるわ。真帆が書いているところ、わたし、見たもん」

「いつ？」

「今日の朝」

「何時？」

「時計見てないから、そんなのわからない」

真帆たちは顔を見合わせた。

「うそつき！」

「うそじゃない。本当に見たもん」

「じゃあ、なんでその場で言わないのよ」

「……だって、怖かったし」

桐子は目をむいて「怖いぃ!?」と、頓狂(とんきょう)な声を出し、

「怖いとか言って、かわいこぶる女、大っ嫌い！」

と言った。桐子とはあまり話したことはないけれど、今の意見には賛成だ。

「美音、うそつくのもいいかげんにしなよ！　真帆は今日、わたしと一緒に登校したんだよ。真帆の家に寄ってから二人で学校に来たの。わたしたちが登校したときは、もう黒板に名前が書いてあった。だから真帆は書いてないっ！」

桐子の言葉に美音はなんの反論もせずに、まるで聞こえなかったみたいに無視して席に戻った。

「なんでなにも言わないのよ！　うそつき！　サイテー！　真帆に謝りなよ！」

美音は知らんぷりして頬杖をついている。不穏な空気のままチャイムが鳴って、浅野先生がやって来た。朝の会の間も、真帆はハンカチを目にあてていて、一方の美音はつまらなそうに頬杖をついたままだった。

一時間目は道徳の時間だった。普段は教科書通りに進んでいくのだけれど、今日は違った。桐子が手を挙げたのだ。

「先生、今日の道徳の時間はクラスメイトのことについて相談したいんですけど、いいですか」

浅野先生は、おおげさに目を見開いて、「あら?」と言った。

「どんなことでしょう?」

「今日の朝、黒板に美音さんと柊介さんの名前が書いてあって、その間にハートマークが描いてあったんです」

「あらあ、そうだったの」

先生は、口をひょっとこみたいにさせた。真帆が泣いているのには気付いていたと思うけれど、こういうとき浅野先生は自分からはなにも言わない。それがいいのか悪いのかは、わからない。

もしわたしが泣いていたとしたら、先生に声なんてかけてほしくないけれど、きっと真帆は先生に声をかけてもらいたいタイプだと思う。三十三人のクラスメイト全員に合った答えなんてないよなあと思う。先生って大変だ。

桐子が美音をきつくにらむ。

「美音さんは、それを書いたのを真帆さんのせいにしました。でも、真帆さんは書いていません。わたしが証人です。理由は、わたしと一緒に登校したときには、すでに黒板に書いてあったからです。真帆さんはみんなの前で、美音さんに濡れ衣を着せられて泣いてしまいました。美音さんは真帆さんにきちんと謝るべきだと思います！」

濡れ衣を着せる！　わたしは、内容云々よりも桐子の言葉に興奮した。濡れ衣を着せるだなんて、そんな言葉これまで使ったことはなかったし、実のところ、ちゃんとした意味も知らなかった。

わたしはノートをちぎって、「ぬれぎぬ！」とひとこと書いて、前の席のよっちんに回した。よっちんはメモを見たあとなにやら書きこんで、後ろ手でわたしの机の上にメモを戻した。

――無実の罪を負わすこと。由来は諸説あって定かではない――

と書いてあった。さすがよっちんだと思って、わたしは一人深くうなずいた。

「美音さんはどうしたいですか？」

先生が美音を見てたずねた。美音は下を向いたままだ。

「真帆さんはどうですか？」

先生が今度は真帆にたずねた。

「……謝ってほしいです。わたしは書いてないです」

真帆が涙声で言う。

「じゃあ、いったい誰が書いたんだよっ！」

と、いきなり声をあげたのは柊介だ。顔を真っ赤にさせている。真帆が肩をびくっとさせ、また泣き出した。美音の言う通り、真帆は柊介のことが好きなのかもしれない。

「犯人さがしはやめませんか」

先生が穏やかな口調で言う。

「柊介さんと美音さんは、黒板に書かれていやな気分になりましたか」

先生が続けた。柊介がうなずき、美音も小さくうなずいた。

「誰かがいやな気分になることをするのは、いけないことですよね。もし、このクラスのなかに黒板に書いた人がいるならば、今度からは二度としないようにしてください」

クラスのみんなそれぞれが、先生の言葉に神妙にうなずく。誰かがいやな気分になることは全部イジメなんだと、これまで何度も言われてきた。

けれど、それってものすごくむずかしいことだとわたしは思う。いやな気分にも度合いというものがある。人によって、いやなことはみんな違うはずだ。誰かにとってはいやなことでも、誰かにとってはいやなことではないかもしれない。この世の中にいる誰かにとってのいやなことを言わないようにしたら、誰もなんにも話せなくなって、言葉は消えてしまう。

「先生！」

桐子が手を挙げた。

「でもとにかく、美音さんは真帆さんに謝るべきだと思います。犯人にされた真帆さんこそ、ものすごくいやな気分になったはずです。聞いていたわたしも、とてもいやな気持ちになりました」

桐子が言った。わたしは、桐子ってすごい子だったんだ、と改めて思った。いつも真帆たちとファッションやメイクの話ばかりしているので、そういう、なんというか、外見だけに一生懸命な女子だと思っていた。こんなふうにきちんとはっきりと、みんなの前で自分の意見を堂々と言えるなんてすごい。

ふと視線を動かすと、前のほうの席に座っている四葉ちゃんが顔を後ろに向けて、美音をじいっと見つめていた。美音も気が付いたようで、四葉ちゃんを見つめ返している。なんだろう？　と思って二人の様子を眺めていると、美音が急に立ち上がった。みんながぎょっとして美音を見る。

「真帆さん、ごめんなさい。真帆さんが書いているのを見たっていうのはうそでした。ごめんなさい」

突然そう言って、頭を下げたのだった。急展開だ。

「真帆さん。美音さんが謝りました」

先生が言う。真帆はひとつ小さくうなずいて、「……じゃあ、いいです」と言った。

「桐子さんも納得できましたか」

桐子はしぶしぶという感じだったが、わかりました、と返した。

そのあと教科書を使った道徳の授業をして、一時間目は終わった。休み時間、わたしは一目散に桐子のところに行って、

「桐子ってすごいね。かっこいいよ」

と伝えた。

「はあ？　急になに言ってるの」

桐子は、不審そうな表情でわたしを見た。

「見直しちゃった」

「なに、見直したって。なんで上から目線なのよ？」

そう言ってちょっと笑った。まんざらでもなさそうだった。

そのあとで美音のところに行ったら、「なんですぐに来ないのよ」と、にらまれた。

「友達でしょ」

「うん」

「すぐに来るのが友達じゃない？」

「他の用事があったから」

「桐子としゃべってたじゃない」

「うん！　桐子ってかっこいいなあと思ってさ。あんなふうに、しっかりと自分の意見を言えるなんてすてきだよ。それに濡れ衣を着せられて、って言ったんだよ。すごい言

葉を知ってるよねえ」

　美音はぎろっとわたしをにらんで、信じられない！　と大きな声を出した。

「道徳の時間、わたしがどんな気持ちだったかわからないの？」

　そう問われてわたしは、

「ちゃんと謝ることができてよかったね」

と言った。美音は顔を赤くして、むかつく！　と叫んで、そっぽを向いた。

「ねえ、それより、さっき四葉ちゃんが美音のこと、じいっと見つめてたでしょ？　あれ、なんだったの？」

　美音はむかついた顔のままだったけれど、仕方ないなあ、と前置きして答えてくれた。

「よくわからないんだけどさ。謝ったほうがいいよ、って四葉ちゃんが言ってるような気がしたの」

「なにそれ。もしかして超能力ってこと？」

「以心伝心ってやつ？　こないだ国語の授業で習ったよね、以心伝心」

へえ！　と感心してしまった。やっぱり四葉ちゃんはどこか違う。

「ねえ、美音。今日、四葉ちゃんと遊ばない？」

「えー、どうしようかな」

「じゃあ、美音は来られたら来なよ。わたし、あとで四葉ちゃんに聞いてみる」

「ちょ、ちょっと！　わたしも一緒に遊ぶよ！　決まってるでしょ！」

慌てた様子で美音が続けた。

放課後、四葉ちゃんに声をかけてみた。

「今日一緒に遊ばない？　わたし、四葉ちゃんと仲よくなりたい！」

息をはずませて言うと、四葉ちゃんはにっこりと笑って、

「うん、いいよ」

と言ってくれた。

「どこで遊ぼうか？　校庭に集まる？　それとも第二公園にしようか」

うきうきして言うと、

「えー、外で遊ぶのいやだなあ。低学年じゃあるまいし、外ですることないもん」

と、美音が唇をとがらせた。

そりゃあ、わたしだって家のなかでゆっくりとおしゃべりをしたいけれど、うちはちょっと無理だ。おばあちゃんが病気になってからは、なるべく家に友達を呼ばないようにしている。わたしたちが騒いだら、おばあちゃんに迷惑だと思うから。お母さんもそうしてくれるとありがたいわ、と言っていた。

美音の家も無理だと思う。利央斗(りおと)くんがいなくなってからは、美音の家には行っていない。

「うちで遊ぶ？」

そう言ったのは、四葉ちゃんだ。

「いいの？」

「もちろんいいよ」

「きゃー、うれしい！」

「場所わかる？　八幡さんの裏なんだけど」

「うん、たぶんわかると思う。じゃあ、いったん家に帰ってから行くね」

「待ってるね」

手を振って、四葉ちゃんと別れた。

美音に声をかけると、美音は「そう？」と、眉を持ち上げた。

「たのしみだね！」

「たのしみなくせにい」

そう返すと、美音はふんっと鼻息を荒くしてしばらくの間あごを持ち上げていたけれど、我慢できなくなったのか、パッとこっちを見て「だね」とにやりと笑った。

友達の家にはじめて行くのは、いつだってわくわくする。昨日お父さんが言った「幽霊屋敷」という言葉がふと頭に浮かんだけれど、四葉ちゃんを前にしたら、そんなことはどうでもよくなってしまった。四葉ちゃんが、幽霊屋敷に住んでいるはずはない。

ランドセルを置いてから、美音の家に寄って一緒に行くことになった。四葉ちゃんの家は、学校を越えた向こう側だ。

「ただいまあ」

大きな声で言って玄関の扉を開けたけれど、お母さんからの返事はなかった。二階で洗濯物を取り込んでいるのかもしれない。

お母さんは、おばあちゃんが病気になって、それまで続けていた仕事をやめた。ずっと働いていた町内の測量機器の会社だ。わたしが保育園のときから、そこで働いていた。忙しそうだったけれど、お母さんはつらつとしていた。家のことを手際よく片付けて、きちんとお化粧をして、ぴんと背筋を伸ばして会社に行っていた。

でも今のお母さんは、ちょっとしょぼくれている。お化粧もあまりしなくなったし、おばあちゃんのお世話ですぐに汚れるからと言って楽な格好ばかりだし、なんとなく背中も丸まっている。

おばあちゃんに手がかかるようになって、お母さんだけが仕事をやめた。おばあちゃんが病気になってから、お母さんは事あるごとに、「手に職をつけなさい」と言う。女だからって家にいる必要はないのだと。お母さん、本当は仕事をやめたくなかったんだと、わたしは思う。

「わっ」

二階の部屋に行こうと廊下を通っていたら、右手にあるトイレのドアが急に開いた。

「……遼子ちゃん。悪いけどちょっと立たせてくれるかしら」

おばあちゃんだった。洋式便座に座ったままの格好で、手を伸ばしてドアを押したらしい。一人でトイレに行ったのはいいけれど、立てなくなってしまったようだった。下着とズボンがねじれたまま、中途半端に引き上げられている。

「うん、いいよ。せーの、で引っ張るね」

おばあちゃんはタイミングがつかめないだけだから、今日は力いっぱい引かずに、ほどほどの力にしようと考えつつ、おばあちゃんの手を取ろうとした瞬間、わたしはその場で派手に転んでしまった。足元が濡れていて、滑ったのだった。

「遼子ちゃん、大丈夫」

おばあちゃんが小さな声で言う。

「いったーい。なんでこんなところが濡れてるのよ」

そう言って手をついた場所も濡れていた。

「え、なにこれ……」

鼻に持っていき手のひらを嗅ぐと、へんなにおいがした。見れば、便器のまわりも濡れている。そのとき、この液体の正体がわかった。おしっこだ。

「やだやだ、やだあ!」

思わず大きな声が出ていた。

「遼子?」

二階からお母さんが下りてきた。

「お母さんっ、雑巾持ってきて!」

今すぐにでもお風呂場に行って靴下を脱いで足を洗いたかったけれど、このまま動いたら家中がおしっこだらけになってしまう。

お母さんが、「待ってなさい」と言って、洗面所からバケツと雑巾を持ってきた。それからわたしの靴下を脱がせて、足の裏を拭いてくれた。

「遼子、お風呂場で足を洗ってきなさい。汚れた服は洗面所に置いておいて」

「……わかった」

わたしはお風呂場へ行き、汚れた服を脱いで、シャワーで手と足を念入りに洗った。

おばあちゃん、一人でがんばってトイレに行ったけど、失敗してしまったんだ。かわいそうだけど、おしっこを踏んで転んだわたしもかわいそうだ。そして今、おばあちゃんのトイレの失敗を片付けているお母さんは、もっとかわいそうだ。みんなかわいそうで、どうしていいのかわからなくなる。

おばあちゃんは週に二日、リハビリに通っているけれど、それ以外の日はお母さんが一人でおばあちゃんのお世話をしている。おばあちゃんが病気になってから、なんとなく家のなかがぎくしゃくしているように感じる。

お母さんはあまり笑わなくなって、お父さんの帰りはますます遅くなった。お兄ちゃんだけは、最初からまったく変わらないけど、変わらないのもどうなの？　と思う。お兄ちゃんは、おばあちゃんのことなんて目に入らないみたいに、友達や映画研究部や紗知ちゃんのことで頭がいっぱいだ。

「いけない、早くしなくちゃ」

四葉ちゃんの家に行くのだ。わたしはいそいで支度をして、こないだお兄ちゃんからもらった板チョコを手に持った。

「お母さん、友達の家に遊びに行ってくるね」

トイレの掃除をしているお母さんに声をかけると、お母さんは、「このことは内緒ね」と人差し指を口にあてた。おばあちゃんの粗相のことだ。

「うん、わかった」

「遅くならないうちに帰ってくるのよ」

「うん、行ってきます」

おばあちゃんもお母さんもかわいそうだ、と思いながら、美音の家まで走った。でも、かわいそうだと思うだけで、どうしたらいいのかはやっぱりわからなかった。


「なにしてんのよ。遅いよ」

美音は外に出て待っていた。

「ごめん。おばあちゃんがちょっとね」

美音は、ああ、とつぶやいた。美音のお母さんとうちのお母さんは仲がいいので、おばあちゃんの病気のことも知っている。

と、そのときわたしは、自分の本当の気持ちに気が付いた。わたしは、おばあちゃんを友達に見られるのがはずかしいのだ。おばあちゃんの病気のせいにして、家に友達を呼んだらおばあちゃんやお母さんに迷惑がかかるなんて言っているけど、本当は自分がいやなのだ。へんな歩き方をして、おしっこのにおいがするおばあちゃんを友達に見られるのが……。

「クッキー持ってきたよ」

と、美音が言った。

「わたしはチョコレート」

チョコレートを美音に見せながら、わたしは「おばあちゃん、ごめんね」と、心のなかで謝った。

「どんなお家だろうね」

美音がわたしに体当たりするようにして言う。わたしの頭は、すぐに四葉ちゃんちのことでいっぱいになった。

「すっごく大きなお屋敷らしいよ」

たのしみだね、と言い合いながら、美音と身体を寄せ合って、早歩きで四葉ちゃんの家に向かった。

元町にある四葉ちゃんの家は、すぐにわかった。年季の入った表札に「藤原」と書いてある。ものすごく大きなお屋敷だ。大きな木戸門は、時代劇のなかでしか見たことのないものだった。背の高い塀にぐるっと囲まれていて、たくさんの木が茂っているのが外から見えた。一瞬、お父さんが言った「幽霊屋敷」という言葉が脳裏をよぎったけれど、頭を振ってその言葉を外に追い出した。

「すごくない？　江戸時代みたいな家だね」

美音が頑丈そうな木戸門を見上げながら言い、わたしも同じように感じ入った。

木戸門の横にふつうサイズの門があり、扉が開いていたのでそこから入った。幅のある長い石畳が玄関まで続いている。途中で石畳から分かれるように、左手に向かって飛び石が延びていた。大きな木がたくさん植わっていて、緑色の葉っぱがわさわさと茂っている。

「森みたい……」

美音がつぶやいて、わたしもうなずく。

石畳の向こうには、瓦屋根の立派な平屋建ての家が建っていた。建っているというより、どっしりと座っているといった感じだ。

「こういう感じのお家、はじめて見た」

「わたしも。日本昔話に出てくる家みたい」

わたしと美音は石畳の真ん中あたりで立ち止まって、四葉ちゃんが住んでいる大きな家をぼうっと眺めた。飛び石は左手にある広い縁側に続いていて、飛び石の最後のところには大きな沓脱ぎ石が置いてあった。

わたしたちは石畳をまっすぐ歩いて、玄関まで行った。

「呼び鈴ってこれかな」

玄関の引き戸の横にブザーがあった。立派な家のわりに、ブザーはふつうのボタンだ。

「押してみよう」

美音が言いながら、人差し指を伸ばした。

ビ――ム
「なにこの音。笑える」

美音がもう一度、ブザーを押した。

ビ――ム
美音と顔を見合わせて、二人で吹き出した。おかしくなって声をあげて笑っていると、ガラッと戸が開いた。

「遼子ちゃん、美音ちゃん、いらっしゃい。待ってたよ」

四葉ちゃんだ。わたしたちは、笑いをひっこめて背筋を伸ばした。

「どうぞ、なかに入って」

玄関の三和土(たたき)はコンクリート敷きになっていて、とても広かった。三組のクラス全員の靴が置けそうだ。

お邪魔しまーす、と美音と声をそろえてあがった。玄関を入ってすぐの板張りの一角に巨大な花瓶が置いてあり、そこにピンク色の花をつけた木の枝がざっくりと活(い)けられていた。なんだかすごい。ゴージャスなのに素朴。素朴なのにゴージャス。

玄関からは幅の広い廊下がまっすぐに延びていて、縁側に続く左手側にも同じように続いていた。

「わたしの部屋はこっちだよ」

四葉ちゃんが玄関から延びた廊下を先に歩く。廊下はこげ茶色で、つやつやと風格のある照り方をしていた。ふと、これが現実なのかどうかがわからなくなる。この廊下の先は、異次元の世界につながっているような、そんなふわふわとした妙な気分。わたしは息を呑んで、滑りそうな廊下をすり足で進み、四葉ちゃんのあとをついていった。

左右にはいくつも部屋があるらしく、ふすまや障子が閉まっている。

「たくさん部屋があるんだね」

「うん、使ってない部屋もあるからね。あ、ここがわたしの部屋」

四葉ちゃんが右手のいちばん奥のふすまを開けた。この部屋のふすまの柄だけ、ポップ調だった。シャボン玉のような丸い模様がいくつか描いてある。他の部屋は、菊とか富士山とか墨で描いた山とかだった。

四葉ちゃんの部屋は砂壁だったけれど、桃色のカーペットが敷いてあって、木製のロフトベッドと学習机と白い洋服箪笥(だんす)があった。

「よかった。ちゃんとしたかわいい部屋で」

美音が言った。

「うん、わたしの部屋だけ、畳をフローリングに替えてもらったの。少しぐらいかわいいくしたいなあと思って」

　四葉ちゃんがにっこりと微笑む。

　四葉ちゃんの部屋の窓からは、大きな木が見えた。黄緑色の葉っぱがきらきら光っていて、とてもきれいだ。

「桜の木だよ。春はそりゃあもう、きれいなの」

　四葉ちゃんが窓を開けて言う。

　白いローテーブルを囲んで座って、わたしはチョコレート、美音はクッキーを出した。

「食べよう」

「うん、どうもありがとう」

　手を伸ばそうとしたところで、音もなく、すっとふすまが開いた。びっくりして、わたしと美音は思わず手を握り合ってしまった。

「おばあちゃん。ノックしてって、いつも言ってるでしょ」

　四葉ちゃんのおばあちゃんらしい。おばあちゃんといっても、うちのおばあちゃんより、はるかに若く見える。お化粧もきちんとして、染めているのか白髪もないように見える。きれいな黄色の長そでTシャツにジーンズ姿だ。

「あら、ごめんなさいね。でも、ノックって言われてもねえ。ドアじゃなくふすまだから、ちょっと感じが出ないわねえ」

　おばあちゃんはそう言って、からからと笑った。ノックをしないで部屋に入ってくるのは、お兄ちゃんと同じだ。四葉ちゃんの気持ちがよくわかる。

「こんにちは。お邪魔してます」

わたしと美音は、交互に挨拶をした。よその家に行ったら、挨拶をきちんとすること。お母さんがしつこく言うのですっかり身についた。わたしは、外ではとても礼儀正しくてお行儀がいいのだ。

「ジュース持ってきたから飲んでね。おせんべいもあるからね」

「どうもありがとうございます」

わたしと美音は、ぴたりと声をそろえてお礼を言った。

「遼子ちゃんと美音ちゃんが、チョコレートとクッキーを持ってきてくれたのよ」

「お心遣いどうもありがとうね。四葉がお友達を連れてくるの、もしかしたらはじめてかもしれないわね」

おばあちゃんはそう言って、にっこりと微笑んだ。

「白石美音です」

美音が言い、ぺこりと頭を下げた。美音のこういうところを見習いたいといつも思う。おばあちゃんが、美音ちゃん、よろしくね、と言う。

「江里口遼子です」

わたしも美音にならって、頭を下げた。

「あら？　江里口さんって、もしかして西川町の江里口さん？」

おばあちゃんに聞かれて、はい、と答えた。

「遼子ちゃんのおじいちゃん、知ってるわ。学年は上だったけれど、小さい頃遊んでもらった思い出があるもの」

おばあちゃんが言っていた通りだ。うちのおじいちゃんと、四葉ちゃんのおばあちゃんは小学校が一緒だと言っていた。

「やさしくてかっこいいお兄さんだったなあ。何年か前に鬼籍に入られたって聞いたけれど」

きせきにいられた、という言葉がとっさにわからなくて迷ったけれど、その言い方から、きっと亡くなったということを言っているのだと思った。

「はい、四年前に亡くなりました」

わたしの言葉に、おばあちゃんは大きくゆっくりと首肯して、人はみんないつか必ず死ぬからねえ、とひとりごとのように言った。

「遼子ちゃん、美音ちゃん、どうぞゆっくりしていってね」

「はーい」

再度、見事に返事がそろったわたしと美音は目配せして、互いに鼻の穴をふくらませた。

「おばあちゃん、すごく若いね」

おばあちゃんが出て行ったあと言うと、四葉ちゃんは、そうかな？　と首を傾げながらもちょっとうれしそうだった。

　わたしたちはリンゴジュースを飲んで、チョコレートとクッキーとおせんべいを食べた。

「ねえ、四葉ちゃんっ！」

　美音が急に大きな声を出した。

「あ、あのさ、今日の道徳の時間のことだけど……」

　おや、と思った。美音らしくない、人の顔色を窺うような言い方だ。

「四葉ちゃんさ、わたしのほうをじいっと見てたでしょ」

　そうそう、そうだった。わたしも気になっていた。

「あのとき、四葉ちゃんがわたしに『謝ったほうがいいよ』って言った気がしたんだけど……。あれって、なあに？」

　四葉ちゃんは美音を見つめて、届いたんだね、と言った。

「超能力⁉」

　前のめりになって、わたしは言った。おととい河原で会ったときも、わたしに会える予感がしていたと言っていた。お兄ちゃんがいつも読んでいる雑誌に、超能力のことが書いてあって、お兄ちゃんがいないときにこっそり読んだ。テレパシーというやつだ。

　四葉ちゃんは、うーん、と首を傾げて、気持ちかなあ、と言った。

「気持ち？」

「うーん、なんていうんだろ。思いっていうのかなあ。あのとき、美音ちゃんが真帆ちゃんに謝ったほうがいいって思ったの」

「なんでそう思ったの？」

わたしは聞いてみた。美音はなぜかうつむいている。

「そのほうが、美音ちゃんの心が喜ぶかなあって思ったんだよ」

美音の心？　よくわからなかったけれど、確かにあのとき美音が謝らなかったら、事態はもっと深刻になっていただろう。

「でもいったい誰が書いたんだろうね？」

今さらどうでもいいことだけど、美音がへんな顔をしていたので話を広げたいのかと思い、そう聞いてみた。でも、美音は乗ってこなかった。わたしの言葉はすっかり無視された。盛り上げようと思って損した。

「ねえねえ、これからなにして遊ぶ？」

話題転換。わたしは元気よく二人に聞いてみた。

「なにしようか。天気がいいから外で遊ぶ？」

四葉ちゃんが答える。四葉ちゃんちの庭は広いから、たのしそうだ。

「美音はなにがいい？」

美音はうつろな目でこっちを見て、

「なんでもいい」

と答えた。それならば、と、わたしは、

「わたし、四葉ちゃんちを探検したい！　こういう日本昔話みたいなお家ってはじめてなんだもん。広くてたのしくなっちゃう。庭の裏のほうとかも気になるし。どうかな？いい？　四葉ちゃん」

と提案した。もちろんいいよ、と四葉ちゃんはうなずいてくれた。

「でも、特におもしろくないと思うけどなあ」

「いいのいいの。じっくり見たいもの。ねっ、美音」

「……ああ、うん。そうだね」

美音ってばへんなの。せっかく四葉ちゃんちに遊びに来たんだから、もっとたのしめばいいのに。

わたしは時間が惜しくて、一人でたくさんおしゃべりをした。四葉ちゃんがおといのモグラの衣装のことを聞いてきたので、お兄ちゃんの部活のことや撮影のこと、お兄ちゃんの彼女の紗知ちゃんのことを改めて二人に話した。

「遼子ちゃん、女優デビューだね」

四葉ちゃんが真面目な顔で言うので、「モグラデビューだよ」と返すと、ここでようやく美音が笑った。

「女優さんなら、美音が向いてるよ」

わたしが振ると、美音はまんざらでもなさそうな様子で「そうかなあ」と言った。二年生の頃、将来の夢という作文があって、美音は「歌手になりたい」と書いていた。みんなの前で読んだのでよく覚えている。

「美音は顔もかわいいし、スタイルもいいしぴったりだよ。歌が上手な女優さん」

続けて言うと、美音はまた、そうかなあと言って、遠慮がちに首を少し傾げた。てっきり、「でしょ、でしょ！」と、あごを上げて鼻の穴をふくらませるかと思っていたので、拍子抜けだった。

「遼子ちゃんは、小説家が向いていそうな感じだね」

四葉ちゃんに言われて、驚いた。本を読むことなんてほとんどないけれど、確かに書くことは好きだ。小説ではなくてポエムだけれど。ひそかに書いていることが、ばれたのだろうか。

「小説なんて、ぜーんぜんだよ。小説家志望はよっちんだよ」

そう言って、ごまかした。

二年生のときのわたしの将来の夢は、「スーパーマーケットのレジの人」だった。カチャカチャとキーを打ったり、お金を受け取ってお札を数えたり、お釣りを渡したりすることに憧れた。

「ちっちゃい夢だなあ。レジ打ちなんて誰でもできるじゃん」

お兄ちゃんに言ったら、そんなふうに返ってきて、がっかりしたことを覚えている。

それ以来、特に将来の夢はない。

「そろそろ探検しようよ」

待ちきれずに声をかけた。いつもは主導権を握る美音がおとなしいので調子が狂うけれど、興味津々の四葉ちゃんの家だから、今日ばかりはわたしがはりきりたい。

「じゃあ、外からにしようか」

「うん!」

つるつるの廊下を戻って、広い玄関を出た。

外の石畳に立つと、五月の午後の陽が、ちょうどわたしたちのいるところに差し込んできて、まるでスポットライトを浴びているみたいだった。わたしはひまわりになったつもりで、太陽に向かって顔をあげた。あたたかくて気持ちがいい。美音も同じようにして、空を見ていた。ポニーテールにしている茶色がかった髪の毛先が、金色に輝いている。

「遼子ちゃんは、いいね。とってもいいね」

四葉ちゃんがわたしを見て、そんなふうに言う。四葉ちゃんのおかっぱ頭は、つやがあって真っ黒で、陽が当たっても深い黒色のままだ。

「四葉ちゃん、わたしにも言ったよね。強くてきれいだから大丈夫、って。なにか意味があるの?」

と美音が聞いた。

「ただ、わたしがそう思っただけなの。美音ちゃんは強くてきれいだし、遼子ちゃんは感性豊かでとってもいいな、って」

わたしと美音は顔を見合わせた。ほめられてうれしくないわけがない。互いに照れながら、ありがと、とお礼を言った。

石畳の途中まで行って、そこから縁側に続く飛び石に移動した。玄関の横を通れば縁側に出られるのだけれど、ちゃんと飛び石を通っていきたかった。ポイント通過のボタンを押していくみたいでおもしろい。わたしは、横断歩道を渡るときは白線だけに足を置いていくのが好きだし、道ばたにある側溝は必ずジャンプして飛び越える。そういう、小さなルールを作って動くことが好きなのだ。

片足ケンケンで飛び石を踏んでいきながら、縁側まで移動した。縁側の前には小さな池があった。池をのぞくと、金魚がたくさん泳いでいた。

「金魚がいっぱいいるね」

「お祭りですくった金魚が、こんなに増えちゃったの。かわいいよ」

「あっ、亀もいる！」

大きな石の上で亀が甲羅干しをしていた。石と同じような色なので、すぐには気付かなかった。

「うん、それもお祭りでとったミドリガメなの。こんなに大きくなるとは思わなかった……」

四葉ちゃんは、眉毛を下げて困ったような顔で言った。金魚のことは好きみたいだけれど、亀のことはあまり好きではないらしい。

池の奥は日本庭園風になっていて、すばらしい枝振りの木が植わっていた。わたしには松の木しかわからない。

とにかく広い縁側だ。ここに座って庭園を眺めながら、アイスでも食べたら最高だろうなと思った。

「こっちは畑になってるんだよ」

家屋の西側にまわると、小さな畑があった。

「今は、エダマメとナスとミニトマトとダイコンを作ってるの」

庭で野菜を作っているなんてすごい。家庭菜園、自給自足だ。畑の上にはモンキチョウがひらひらと二匹飛んでいた。日本庭園があった南側とは違い、のどかな雰囲気が漂っている。畑と家屋の間には物干し竿があって、なんだかほっとした。

「裏にも行ってみる?」

「うん、行く行く!」

はりきって返事をした。美音はほとんどしゃべらなかったけれど、それでも興味深げにあとをついてきた。広い畑を過ぎると、家屋の裏側に出た。

「なあに、これ?」

小さな家みたいなものがあった。

「これは祠なの」

「ほこら?」

「うん、神様を祀ってあるお社」

へえー、と大きな声が出た。美音も同じような声を出した。お社が敷地内にあるなんてすごい。

「毎日、みんなで手を合わせてお祈りするんだよ」

「へえー」

はじめて見聞きすることばかりで、へえ、しか言えない。

「あれ？　また家がある」

母屋の裏側にもう一軒、小さな家があった。小さいと言っても、母屋に比べたらという意味で、うちの半分くらいはある大きさだ。

「ここね、前は茶室だったんだけど、ひいおばあちゃんの隠居部屋に改装したの」

「茶室⁉　隠居部屋⁉」

さっきから頓狂な声が出っぱなしだ。

「うん。ひいおばあちゃんが隠居したあとに住むために造ったんだけど、ほとんど使ってないの。ひいおばあちゃん、いつも母屋のほうにいるから。たまに一人になりたいときに使ってるみたい」

このしっかりとした造りの家が隠居部屋だなんて、なんて贅沢なのだろうか。

「ひいおばあちゃんって何歳？　さっきのおばあちゃんのお母さんってこと？」

「うん、そうだよ。おばあちゃんのお母さん。九十二歳」

「ひゃー、すごいね。四葉ちゃんちって何人家族なの？」

「四人。お母さんとおばあちゃんとひいおばあちゃんとわたし」

わたしは頭のなかに四人の姿を浮かべて、

「女ばっかりだね」

と言った。

「うん、うちは女系なの。みんな一人っ子で女なんだよ」

「……じょ、じょけい？　一人っ子？」

「うん。だから、みんな親子。母と娘なの」

いろいろとびっくりだった。四葉ちゃんのお母さんぐらいの年代なら、まだ一人っ子っていうのはわかるけれど、おばあちゃんやひいおばあちゃんまでが一人っ子だなんてめずらしいと思った。その時代は兄弟姉妹がいる人が多いと思う。うちのおばあちゃんは四人兄弟妹だし、お母さんのほうのおばあちゃんは六人姉弟妹だ。

しかも、四葉ちゃんのところは、そのたった一人がみんな女だなんて！

「お父さんはいないの？」

それまで黙っていた美音がいきなりそんな質問をしたので、ぎくっとした。そういうことは本人が自分で言うまで、こちらから聞いてはいけないものだと思っていたので、内心どきどきした。

「わたしが生まれてすぐに交通事故で死んじゃったの。おじいちゃんも、お母さんが小さい頃に亡くなってるの。うちは、男の人は早死にの家系なんだって」

ぐっ、と喉が詰まったようになった。女系といい早死にといい、はじめて聞くような言葉を四葉ちゃんがふつうに話すことがそらおそろしかったが、でも、それ以上にわたしはぞくぞくとした奇妙な興奮を覚えていた。まるで、古い物語の世界に入り込んだみたいだ。

「……そうか、死んじゃったんだ。悲しいね」

美音がぼそりとつぶやく。そこでようやく、自分の不謹慎さを反省した。お父さんが亡くなっているというのに、興奮している場合じゃないのだ。お父さんが死んでしまうなんて、今のわたしには考えられないことだ。

「美音ちゃんは、やさしいね」

四葉ちゃんが声をかけると、美音は、そんなことない、と言って首を振った。今日の美音はやけにしおらしい。

隠居部屋のある北側を抜けて、東側に回る。

「あれ？　ここって、さっきいた四葉ちゃんの部屋だよね」

窓に、四葉ちゃんの部屋にかかっていたカーテンが見えた。四葉ちゃんの部屋は奥の角だと思っていたけれど、角にあたるところは草木が生えているだけの空間だった。長方形の家の、ここの角だけ欠けているのだ。

「そうなの。ここの角は北東になっていて鬼門だから、わざと欠けさせてるの。縁側の角も、欠けてたんだけど気付かなかったかな」

庭園に夢中で、そちらは気付かなかった。

「縁側のほうは南西なの。南西は裏鬼門なんだって」

鬼門、裏鬼門。はじめて耳にした言葉だ。

「鬼門も裏鬼門も、方位的によくない場所らしいの。ナンテンの木は縁起がいいんだって」

鬼門の空間に植わっている木は、ナンテンというらしい。裏鬼門のところにも同じくナンテンを植えているそうだ。その横には、さっき四葉ちゃんの部屋から見えた桜の木が植わっている。

「東側にはみかんの木があるよ」

母屋の東側は小高い丘みたいになっていて、大きなみかんの木が六本植わっていた。

「冬になったらみかん狩りに来てね」

「うん、絶対来たい！　わたし、みかん大好きだから！」

そう言うと、四葉ちゃんはうれしいなあと言って、

「たくさん穫れるから、もう見るのもうんざりなの」

と笑った。

「贅沢な悩みだねえ」

わたしのつぶやきに、四葉ちゃんはまた笑った。

みかんの木の前を通っていくと、今度は古めかしい蔵があった。お母さんの実家のある岐阜では何度か見たことがあったけれど、このあたりで目にしたことはなかった。まさかこんな近くにあったなんて。

「蔵のなかには、なにが入ってるの？」

わたしがたずねると、美音が、「お宝ざくざくかもね」と続けた。これだけ古くて立派な家だ。本当にお宝がわんさか出てきそうだ。

「ほとんど空っぽなの」

と、四葉ちゃんは小さく首を振った。

「えー、そうなんだ。なんか残念」

美音がツッコむと、四葉ちゃんはおかしそうに笑った。四葉ちゃんは、本当によく笑うなあと改めて思う。四葉ちゃんの笑顔を見ると、こっちまでうれしくなる。

「なんで遼子が残念がるのよ」

蔵を越えて少し歩くと玄関に出た。

「これで一周したってことだよね」

四葉ちゃんがうなずく。

本当に広かった。どこかに遊びに行かなくても、四葉ちゃんちだけで充分たのしめる。うちの庭なんて、小さな細い木が二本植わっているくらいで、あとはわたしが育てているアサガオの鉢が置いてあるだけだ。

「じゃあ、次は家のなかを見る？」

「うん、見る見る！」

胸が高鳴る。四葉ちゃんのうちは魔法の国だ。

わたしたちはまた玄関から入って、今度はまっすぐではなく、縁側に続く左の廊下に向かった。

四葉ちゃんが縁側に面している障子を開けると、さっきおせんべいとジュースを持ってきてくれたおばあちゃんが、立派な座卓で本を読んでいた。ものすごく広い部屋だ。いったい何畳あるんだろう。

「あら、どうかした？」

さっきはかけていなかった眼鏡（おそらく老眼鏡だろう）をぐいと下げて、おばあちゃんがこちらを見た。

「お家のなかを案内してるの」

「あはは、そうなのね。こういう昔ながらの家はめずらしいかもしれないわねえ。あたしはもっとモダンなおうちに憧れちゃうけどなあ、どうぞゆっくり見ていってちょうだい」

そう言って、四葉ちゃんのおばあちゃんは豪快に笑った。

「わあ、天井が高い」

四葉ちゃんの部屋にいるときはわからなかったけれど、広々とした居間で見ると、わたしの家よりもかなり天井が高かった。

「昔は天井裏でお蚕さんをやってたのよ」

四葉ちゃんのおばあちゃんが天井を指す。

「お蚕さんって、カイコのこと？　三年生の授業でやったやつ？」

そうそう、と四葉ちゃんがうなずく。三年生のとき、カイコを育てるという授業があって、男子たちはイモムシ状態のカイコを手のひらにのせたりなでたりしてたのしんでいたけれど、ほとんどの女子たちは繭になるまで触れなかった。わたしはなんとか触れたけれど、愉快な感触ではなかった。

「あたしが子どもの頃なんて、夜寝ていると、お蚕さんがぽとりと落ちてきたりしたわよ」

おばあちゃんの話に、思わず身震いする。顔にでも落ちてきたらと思うと、失神してしまいそうだ。美音も顔をしかめている。だってもし、口を開けて寝ていたら……と想像すると、泣きたくなる。

縁側からは、さっきの池と庭園が見えた。まるで家族旅行で旅館に来ているみたいだ。

「今度来たときは縁側で、まったりしたいなあ」

思わず口に出すと、おばあちゃんはからからと笑った。

「いつでもまったりしに来なさいな」

わたしは、はいっ、と元気よく返事をした。

縁側の廊下を突き当たって、そのまま右に曲がる。さっき四葉ちゃんが言っていた通り、ここの角もへこんでいた。裏鬼門というやつだ。

そこを曲がって、母屋の西側の廊下を歩く。

「ここは納戸で、ここがお風呂と洗面所。隣がトイレ」

四葉ちゃんが左手側を説明してくれる。外に畑がある箇所だ。

「そこがさっきおばあちゃんがいた居間で、ここがおばあちゃんの部屋。反対側にはひいおばあちゃんの部屋があるよ。あとでまた案内するね」

四葉ちゃんが指しているのは、廊下の右手側の部屋だ。ただぐるっと四角く回っているだけだけれど、迷子になりそうなくらい大きい。

突きあたりまで行ってから右に曲がった。ここが母屋の北側だ。この裏に、祠とひいおばあちゃんの隠居部屋があることになる。

「ここは普段使ってないんだけど、一応客間ね」

和室が二部屋もある。わたしの部屋は六畳だけど、ひとつの部屋がその倍くらいはある。なんて広いんだろう。

「それで、そこがわたしの部屋」

「え？　ぐるっと回ったってこと？」

「そう」

「わけわかんない。迷いそう」

美音が言う。

「わたしの部屋の隣がお母さんの部屋。お母さんの部屋の隣が台所とダイニングになっているんだけど、食事はたいてい、さっきおばあちゃんが本を読んでた居間で食べてるよ」

家族全員にそれぞれの部屋があるなんて、すごい。うちは、わたしとお兄ちゃんとおばあちゃんの部屋はあるけれど、お父さんとお母さんには自分の部屋は特にない。タンスが置いてある和室で寝ていて、そこが一応お父さんとお母さんの部屋だ。

「それで、こっちがさっき言ってたひいおばあちゃんの部屋ね。いるかな」

四葉ちゃんが、ふすまをしずかに開けた。誰もいない部屋でテレビだけがついている。

「ひいおばあちゃん。お邪魔していい？」

誰の姿もない部屋に向かって、四葉ちゃんが言う。立派なベッドと小さな座卓と、大きなマッサージチェア。古めかしい茶箱がいくつか置いてあった。岐阜にある、お母さん方のおばあちゃんの本家に行ったときに、茶箱というものをはじめて見て、今日が記念すべき二回目だ。蔵といい茶箱といい、この目で実際にまた見られるなんて感激だ。

「よちゅちゃかね」

無人の部屋から突然声が聞こえた。驚いて思わずあとずさったら、美音の足を踏んでしまい、美音が、いたっと声をあげた。ごめんねと言おうとしたところで、ふいに目の端に茶色い塊が現れた。

「え」

焦点を定めようとした瞬間、茶色い塊が動き、見る間に上に伸びていった。

「うわあああ！」

わたしの声につられて、美音も一緒になって叫んだ。そしてそのまま、二人でもつれ合うようにして尻（しり）もちをついた。

「大丈夫？　どうしたの急に」

四葉ちゃんの声が聞こえたけれど、それどころではなかった。わたしは四つん這いで逃げようとしたけれど、力が入らずによろめいてしまった。

「お、お化け……、お化け出た……」

そう言いながらこわごわ振り返ると、四葉ちゃんが誰かとしゃべっていた。

「遼子。よく見なよ」

すでに立ち上がっていた美音にお尻をペシンと叩かれる。

「ちゃんと見なよ、遼子。なにがお化けよ。四葉ちゃんのひいおばあちゃんじゃない。あんたが叫ぶからわたしまで大声出しちゃったよ」

あきれたように美音に言われ、目をこらして見てみると、確かにひいおばあちゃんとおぼしき老婆が、マッサージチェアに腰かけていた。茶色っぽい着物を着ている。背中が丸まっているのでとても小さい。目の端に入った茶色の塊というのは、ひいおばあちゃんだったようだ。

「騒がしくしてごめんなさい……」

反省しきりで謝った。

「ふぉっふぉっ」

ひいおばあちゃんは、顔をくしゃっとさせた。どうやら笑ったらしかった。

「ねえ、ひいおばあちゃん。聞き取れないから、悪いけど入れ歯はめてくれる？」

四葉ちゃんが言うと、

「ふぁいふぁ」

と、ひいおばあちゃんはうなずいた。四葉ちゃんが座卓の上に置いてあった大きなマグカップを手渡す。ひいおばあちゃんはマグカップのなかから、ピンク色の、歯茎に白い歯がついた入れ歯を取り出して、つるっと口のなかに滑り込ませた。

「げっ……」

と言ったのは美音だ。わたしも、げっ、と思った。入れ歯というものを、はじめて見たのだった。歯だけじゃなくて歯茎まであるなんて、リアルすぎる。

「学校の友達かえ？」

入れ歯をはめたひいおばあちゃんが、一転はっきりとした口調で言った。ひいおばあちゃんの顔は、さっきよりも少し長くなっていた。

「うん、同じクラスの遼子ちゃんと美音ちゃん」

「おお、そうかえ。四葉と仲よくしてくだあさい」

言いながら、ひいおばあちゃんが立ち上がった。立ち上がった瞬間、ひいおばあちゃんの身体が倍ぐらいに伸びる。

美音も驚いたように、ぽかんと見ている。ひいおばあちゃんは腰を伸ばして、とんとんと叩いた。そしてまた、背中が丸まって小さくなった。さっき見たのはこれだったのか。伸び縮みマジックだ。

マッサージチェアに腰かけた姿は、ちんまりしていてぬいぐるみみたいだ。

「……かわいい」

美音がつぶやいて笑う。わたしも、ずうっと年上の人にかわいいなんて失礼かもしれないと思いつつ、「かわいい」とつい、言ってしまった。

「今、二人に家の案内してるの。ごめんね、もしかして寝てた？」

「寝てない寝てない」

と、ひいおばあちゃんが手を振る。

「今日は入れ歯が合わなくってねえ。もう外してもいいかえ？」

「ああ、うん。ごめんごめん」

四葉ちゃんがマグカップをひいおばあちゃんに手渡す。ひいおばあちゃんが、口をぐわっと開けてぐわっと手を突っ込んで、はめていた入れ歯を取り出した。それをマグカップのなかへ投入する。

「……あの手、どうすると思う？」

美音が耳打ちしてきたけれど、肘で突いて制した。

「どうもありがとう」

四葉ちゃんがふすまに手をかけてひいおばあちゃんに言ったので、わたしも美音も慌てて、「ありがとうございました」と、頭を下げた。

「これで全部見たかな」

四葉ちゃんが言う。

「ねえ、四葉ちゃんのお母さんは？」

たずねてみると、「仕事なの」と返ってきた。

「お母さん、忙しくって、土日まで仕事してるよ。キャリアウーマンっていうのかな。建築士なの。家のことは、ほとんどおばあちゃんがやってるの」

お母さんの帰宅は、たいてい八時を過ぎるらしい。

四葉ちゃんの部屋に戻り、腰を落ち着けたところで、わたしは思いの丈をぶちまけた。

「四葉ちゃんちって、すごい！　わたし、今日ものすごく感動したよ！　呼んでくれてどうもありがとう！」

興奮して言うと、四葉ちゃんは、またいつでも来てね、と言った。

「ありがとう、四葉ちゃん。また絶対来させてね。ねっ、ねっ、美音！」

美音は、上の空で小さくうなずいた。やっぱり今日の美音はへんだ。

「東側のみかんの木のところでかくれんぼしたら、とってもたのしそう。木登りもできそうだし！　畑仕事もお手伝いしたいなあ。池の金魚と亀もずっと見ていたいし。いいなあ、いいなあ」

うっとりしながら言うと、四葉ちゃんはころころとたのしそうに笑った。

「……あ、あのさ」

美音が急に口を挟んだ。

「あ、あのさ、四葉ちゃん！　遼子！」

大きな声で言い、わたしたちを見る。

「なに突然。どうしたの、美音」

「あ、あのさ……」

「うん」

「今日の黒板の落書きなんだけど……」

四葉ちゃんの家探検に夢中で、落書きのことなんてすっかり頭から抜けていた。それにもう、真帆に謝って一件落着したではないか。

「あのね！　あれを書いたの、実はわたしなの！」

わたしはきょとんとして、美音を見つめた。美音は正座をして腕をぴんと伸ばし、きつく握ったこぶしを膝の上に置いて、目をぎゅうっとつぶっていた。

「わたしがいちばんに登校して、黒板に柊介と自分の名前を書いたの」

「え？　え？　なんで？　どういうこと？」

美音は黙っている。わたしは頭をめまぐるしく働かせた。美音が自分で黒板に書いて、自分で騒いだということ？　自作自演？

「ごめんっ！」

「い、いや、わたしたちに謝られても……ねえ？」

そう言って四葉ちゃんに顔を向けると、四葉ちゃんはいつもの笑顔で、

「そんな気がしてたよ」

と言った。

「えっ、そうなの!?　四葉ちゃんって、やっぱり超能力者!?」

前のめりになって言うと、四葉ちゃんは、そんなんじゃないけど、と小さく首を振った。

「うん、わたしね、なんだか四葉ちゃんが知ってる気がしたんだ。どうしてかはわからないんだけどさ……。だからちゃんと言おうと思ったの」

すごい、美音も超能力者ということだろうか。

「美音ちゃん。勇気を出して言ってくれてどうもありがとう」

美音と四葉ちゃんは互いに照れたように微笑み合って、それきりなにも言わなかった。

二人の邪魔をしてはいけない雰囲気だったので、わたしも黙っていた。

きっと、美音はさみしかったんだろうなと思った。去年までピラミッドのいちばん高いところにいた美音。仲間たちとはクラスが分かれてしまって、今度の五年三組は、ず

いぶんとのんびりしている。

　美音は柊介が好きで、柊介もたぶん美音のことが好きだ。柊介は顔だけはいいので、三組で柊介のことを好きな女子は他にもいると思う。真帆もそのうちの一人かもしれない。けれど美音と柊介の仲を取り立てて、口に出したりひやかしたりする子はいない。あまのじゃくな美音は、それがつまらなかったのかもしれない。

「これでようやく一件落着だね！　よかったよかった」

　そう言うと、美音はしらっとした顔でわたしを見て、

「ほんと、遼子ってお気楽でいいよね」

　と言った。

　六時の時報が鳴って、わたしたちは四葉ちゃんの家をあとにした。

　帰り道、わたしは興奮冷めやらず、四葉ちゃんの家の広大な敷地にすばらしく配置された庭園や、家庭菜園やみかんの木、ひいおばあちゃんの隠居部屋や迷子になりそうな日本家屋について、一人でべらべらとしゃべった。

「部屋がものすごく広くて、天井も高くて、縁側も広々してて、ほんとすてきだったよねえ」

　美音はわたしをちらと見て、そう？　と言った。

「わたし、実はちょっと怖かった」

「えー、そう？　あっ、もしかして、あの裏にあった祠のこと？」

　美音は祠のことを思い出したのか、ああ、あれも怖かったと言って、顔をしかめた。

わたしも実際、あの祠だけはちょっと怖かった。あのあたりだけ、なんというかとても厳かで、他とは空気が違っていた。

「祠もそうだけど、家全体が古くてなんか怖かった」

　美音の家は新築だから、特にそう感じるのかもしれない。わたしはまた、お父さんが言った「幽霊屋敷」という言葉を思い出した。

「四葉ちゃん自体、なんか不思議な子だと思わない？」

「うん、神秘的だよね」

　わたしはそう答えつつ、四葉ちゃんってなにかに似てるなあと、ずっと考えていた。けれど、すぐには思い当たらなかった。とりあえず頭にぶら下げておくことにした。

「わたし、またすぐにでも遊びに行きたいな。美音も一緒に行こう」

「遼子がそんなに言うならいいけど」

　美音はつっけんどんに返したけれど、四葉ちゃんと美音が微笑みながら見つめ合っていたことを思い出すと、美音だって四葉ちゃんのことをかなり好きなはずだ。

「じゃあ、またね」

「うん、明日ね」

「あ、遼子。黒板のことは内緒だよ。絶対に誰にも言わないでね」

「うん、もちろん」

二人で手を振り合って別れた。

家に帰ると、めずらしくお兄ちゃんが帰宅していて、リビングにあるお父さんのパソコンで、なにやら作業をしていた。

「なにしてるの」

と聞くと、映画の編集、と返ってきた。例のモグラの映画だ。画面に夢中で、こちらを振り返りもしない。

「それ、なんてタイトルだっけ」

「冥王星からの使者X／サインコサインタンジェント」

そういえばそんな名前だった。意味不明のひどいタイトルだ。誰も観たいと思わないだろう。

「お母さんは？」

お母さんの姿が見えなかったのでたずねてみると、ああ、そうそうそう、と言いながら、お兄ちゃんが回転椅子をくるっと回して、わたしを見据えた。

「今日の夕飯はおれが作る」

「なんで」

「母さんは留守だ」

「どこに行ったの？」

「病院。ばあちゃん、転倒しちゃってさ」

「ええっ⁉　なんですぐに言わないのよ！」

「だってお前、今帰ってきたばっかりじゃん」

「おばあちゃん、どうなの。連絡きたの？」

「連絡ないからわからん」

お兄ちゃんの適当な言い方に、わたしは大きくため息をついた。

おばあちゃん、大丈夫だろうか。今日、あんなことがあったばかりで、そのせいで慌てて転んでしまったのかもしれない。おばあちゃんがトイレを失敗したくらいで、あんなに騒いだ自分が申し訳なくて、気持ちが沈む。

「夕飯はインスタントラーメンだ。おれに作れるものはインスタントラーメンしかない」

なぜか胸を張って言うお兄ちゃんに、

「お兄ちゃんが作るといつも麺（めん）がのびすぎだから、気を付けてよ」

と注意すると、よく言うよ、だったらお前が作れ、と返ってきた。

結局、一緒に作ることになった。お湯を沸かして手順通りに麺を入れて、卵を割り入れた。ネギがあったのでお兄ちゃんが切ってくれた。瓶入りのメンマもあった。けっこう豪華だ。わたしがうるさく言ったので、麺は硬めだった。

「おいしいね」

「だろ？」

「おばあちゃん、大丈夫かな」

「さあな」

「お父さん、まだかな」

「まだだろ」

お兄ちゃんとの会話はおもしろくない。早々に食べ終わって、わたしはおばあちゃんの部屋をのぞいてみた。誰もいない部屋は、とてもしずかでさみしかった。

自分の部屋に行って、鍵付きのノートを机の上に出した。タイトルは「おばあちゃん」だ。

おばあちゃん

おばあちゃんが 家にいないと さみしい
でも 家にいると めんどうだなあと 思うときもある
わたしって ひどいなあと　思う
早く 元気に なってほしい
もう めんどうだなあと 思わないようにするから

それからわたしは、今日行った四葉ちゃんちに思いをはせた。本当に広いお家だった。

四葉ちゃんちは、まほうの家

大きな　木戸門
長い　石だたみ
かた足ケンケンで飛んだ　きれいな飛び石
金魚とカメのいる　池
りっぱな枝ぶりの　松
野菜を作っている　畑
ちょっぴりこわい　ほこら
ひいおばあちゃんの　いんきょべや
たくさんの　みかんの木
古いくら
高い天じょうには　昔　カイコが　いたそうだ
たたみの　におい
迷路みたいな　家のなか
なつかしい　茶箱
また　行きたいな

　四葉ちゃんちは　まほうの家

そこまで書いて、これじゃあ、まただの日記、というか、覚え書きではないかと思った。

鉛筆をくるくると回しながら、もうひとつ書いた。

　四葉ちゃんちは、不思議な家

きもん
うらきもん
女系
男の人は　早死に
女は　みんな　一人っ子

と、そこまで書いて、ぞくっと身震いする。こうして文字にしてみると、なんだか怖かった。文字から得体の知れない気配のようなものが立ち上って、部屋中に漂うような感じがした。

わたしはノートを閉じて鍵をかけた。お母さんはまだ帰ってこない。お父さんはお母さんから連絡を受けて、会社から直接病院に向かったのかもしれない。家のなかは、やけにしんとしている。

一人で二階の部屋にいたら、妙な気分になってきた。身体のなかの血液があぶくになって、皮膚の表面が粟立つ感じ。怖い。怖いけれど見たいし、知りたい。

ぞわっと鳥肌が立って、わたしは慌てて階段をかけ下りた。お兄ちゃんが真剣な顔でパソコンに向かっているのを見て、ほっとする。ほっとしたら、ふぁあ、とあくびが出た。今日はいろんなことがありすぎた。

お風呂にいちばんに入って、それから少しテレビを見て、早々にベッドに入った。

昨夜は早めにベッドに入ったわりに興奮してしまってなかなか寝付けず、眠りも浅かった。夢に四葉ちゃんのひいおばあちゃんが出てきたことは覚えているけれど、それがどんな内容だったのかははっきりしない。

下に行くと、お母さんが台所で忙しそうに立ち働いていた。昨日は、お母さんが帰ってくる前に寝てしまったので、結局会えなかった。

「おはよう、遼子。ご飯、テーブルの上に出てるから」

ダイニングテーブルの上には、ご飯と味噌汁と目玉焼きがあった。

「おばあちゃんは？」

「骨折して入院になっちゃったのよ」

「そうなのよ。症状が進まないといいけれど……」

つぶやくようにお母さんが言う。症状というのは、骨折というよりも、物忘れのことを言っているのだと思った。病気が進んでから、おばあちゃんは忘れっぽくなった。

「今日お見舞いに行くよ」

そう言うと、「今日はそろばんでしょ」と返ってきた。わたしはつまらない気分になる。

「まだおばあちゃんも落ち着かないだろうから、今日はいいわ。明日一緒に行こう」

と、お母さんは言った。

「お父さんは？」

「もう会社に行ったわよ」

「お兄ちゃんは？」

「早めに家を出てったわ」

「ふうん」

ねぼすけのお兄ちゃんにしては、めずらしいこともあるものだと思った。映画の編集が終わったのかもしれない。

わたしもいつもより少し早めに家を出た。おばあちゃんのことは心配だったけれど、今の自分にできることはないような気がした。

うちの学校は登校班がないのでいつもは別々に登校するけれど、今日は美音の家に寄っていきたい気分だった。昨日のことも話したかったし、おばあちゃんのことも聞いてほしかった。

美音の家は、新しくてきれいだ。保育園のときは、学区外のマンションに住んでいたけれど、美音が一年生になるときに越してきた。同じ小学校になれたから、わたしはうれしかった。三軒ほど同じスタイルの家が並んでいるいちばん手前の家だ。

チャイムを鳴らそうと手を伸ばしたら、なかから声が聞こえてきた。聞き取れなかったけれど、なにやら言い争いをしている様子だった。チャイムを押そうかどうか迷っていると、勢いよくドアが開いた。額がぶつかりそうになって、思わずのけぞる。

「遼子⁉」

美音が驚いた顔で出てきた。

「一緒に行こうと思って、今チャイムを鳴らそうとしてたの」

美音は「行こう」と、それだけ言って、わたしの腕をとった。そのとき、一度閉まったドアが開いた。美音のお母さんだった。

「おはようございます」

美音のお母さんに会うのは、とてもひさしぶりだ。

「……遼子ちゃん」

美音のお母さんはふいをつかれたようにわたしを見て、それから笑顔で、おはよう、と言った。

「お迎えに来てくれたのね。どうもありがとう。行ってらっしゃい」

美音は一人ですたすたと先を歩いている。

「行ってきます」

わたしは軽く会釈をして、美音を追いかけた。美音のお母さん、美音に用事があって出てきたんじゃないだろうか。

「ねえ、美音。おばさん、いいの？」

「いいの！」

と怒ったように言うけれど、なんだか元気がなかった。

「昨日たのしかったね、四葉ちゃんち」

とりなすように言ってみた。返事がないので、わたしはそのまま続けてしゃべった。

「……利央斗」

「ん？」

「利央斗のこと」

わたしはすうっと息を吸ってから、小さくうなずいた。利央斗くんというのは、美音の四歳下の弟だ。生きていたら小学一年生になる。

「三回忌の法要があるんだって」

「……うん」

それきり美音はなにも言わなかった。わたしもかける言葉が見つからなかった。おばあちゃんの入院のことを伝えるのは、あとにしようと思った。

利央斗くんのことはよく覚えている。色が白くて目がぱっちりしていて、とてもかわいい子だった。利央斗くんは、うんと小さい頃から入退院を繰り返していた。でもまさか、死んでしまうなんて思ってもみなかった。

わたしたちはなにもしゃべらずに、二人並んでゆっくりと歩いた。いつもより少しだけ早い朝は、黄色い光にあふれていて、道ばたの雑草もうれしそうだった。けれどわたしの気持ちは、しん、としていた。おそらく美音はもっともっと、しん、としているだろう。

今日のはじまりの水色の空を見ながら、わたしたちはとてもしずかに通学路を歩いて行った。


学校に着くと、下駄(げた)箱のところに柊介が立っていた。

「おはよう」

声をかけると、おう、と小さく返ってきた。

「なにしてんの、こんなところで」

美音が言う。

「あ、いや、なんかさ……」

「柊介ってば、へんなのー」

ああ、柊介は、昨日の黒板のことを美音が気にしているのではないかと考えて、ここでこうして待っていたんだ。美音にこっそり教えてあげたかったけれど、たぶん美音もわかってると思ったから言わなかった。それになにより、黒板に書いた張本人は美音なのだ。

「昨日の特番見た？　未確認飛行物体出現ってやつ」

柊介が美音に向かって話しかける。

「うん、見たよ。宇宙人のミイラ。あれ本物かなあ」

「超リアルだったよな。でもあれにそっくりのフィギュア見たことあるぜ」

そう言って柊介が笑う。美音も笑っている。

昨日の特番はわたしも見ていた。すでに地球には宇宙人が来ていて、地球を占領することを考えているとかなんとか。ＵＦＯや宇宙人の映像も出てきて、一緒に見ていたお兄ちゃんは、

「やっぱりな！　おれの思っていた通りだ！」

などと言って、一人で盛り上がっていた。

「おれ、宇宙人に誘拐されたらどうしよう」

「わたしも心配になったー」

柊介と美音はたのしそうだ。

「わたし、ちょっと用事があるから先に行ってるね」

しらじらしくならないように注意深く言ったつもりだったけれど、わたしの声はとってもわざとらしく響いてしまった。

「えー、なんの用事？　遼子ってば、へんなのー」

美音が大きな声で言うのを背中で聞きながら、足早に教室に向かった。

今日はいつもより少し早かったせいか、教室には人がまばらだった。机の横の窓を開ける。綿を引っ張ったような雲が遠い空に浮かんでいた。頬杖をついて、四階の窓から入ってくる風を感じた。

わたしは、ぼんやりと利央斗くんのことを考えていた。利央斗くんは、生まれつき身体が不自由だった。立つことも歩くこともできなくて、ご飯も自分で食べられなくて、トイレも着替えも一人ではできなかった。

美音には三歳上のお姉ちゃんがいるけれど、弟か妹をずっと欲しがっていた。だから、お母さんのお腹が大きくなったとき、美音はものすごく喜んだ。いつ生まれるか、男の子か女の子か、生まれたらなにして遊ぼうかと、それはそれはたのしみにしていた。

実際、利央斗くんが生まれてからも、美音はとってもかわいがっていた。利央斗くんが入院しているとき、美音が毎日のように病院に通っていたのを知っている。すっごくかわいいんだよ、といつも言っていた。

外で一緒に遊べなくても、お母さんが利央斗くんにかかりきりでも、利央斗のことが大好きだからいいんだ、と笑っていた。家に遊びに行ったときや、利央斗くんが車椅子でお散歩に出かけるとき、美音は利央斗くんの小さいお母さんみたいに、やさしくお世話を焼いていた。

美音が一年生になるとき、美音たちは一軒家に引っ越した。前はマンションの部屋が三階だったから、なにかと不便だったらしい。

けれど三年生になった頃から、美音は少し変わりはじめた。ミニバスもはじめた。おしゃれに目覚めて、ファッションや髪形にこだわるようになった。ミニバスの主将だったけれど、美音はよく、当時六年生で、美音のお姉ちゃんは

「お姉ちゃんとケンカした」

と言って、ふくれっつらをしていた。

わたしもその頃から、美音とあまり遊ばなくなった。お互いに気の合う友達が変わっていった。だから、利央斗くんに会う機会も少なくなっていた。お母さんから、「利央斗くん、体調悪いらしいのよ」と聞いても、そうなんだ、と思ったきりだった。

三年生の夏休みが終わっても、まだまだ暑い日が続いていた。ようやく夜風が涼しくなり、セミの声が小さくなった頃、利央斗くんは死んでしまった。わたしはものすごくびっくりした。まさか死んでしまうなんて、思ってもみなかったのだ。

一年生のときにおじいちゃんが死んだときは、「おじいちゃん」だからと思って、自分のなかで、なんとなく納得できていた。人は歳をとって死ぬものだと思っていたから、悲しかったけれど心のどこかでは仕方ないと思っていた。

でも利央斗くんは五歳だった。たった五歳の子が死んでしまうということに、わたしはとても驚き、衝撃を受けたのだった。

「遼子ー。さっき、気を遣ってくれたんでしょう。わたしと柊介を二人きりにするために。みえみえだったよー」

美音がいつのまにか隣にいた。

「あ、ああ、うん。ごめん。余計なお世話だったね」

美音は顔をほころばせながら、

「いいって、いいって」

と、わたしの背中を叩いた。

「柊介のやつ、まじで宇宙人に誘拐されるの怖がってるの。笑っちゃう。柊介のいとこのお兄ちゃんが、本当に本物のＵＦＯを見たことあるんだって」

そう言って、美音は声をあげてたのしそうに笑った。登校時、元気のなかった美音はすっかり明るくなったように見えた。わたしはひそかに柊介に感謝した。

利央斗くんの三回忌と言っていた。きっと朝、家でなにかあったのだろうと思う。利央斗くんのお葬式のとき、美音は魂が抜けたみたいに、ただぼうっと突っ立っていた。泣いていたわたしは美音のその姿を見て、自分の涙がまるでインチキのように感じられた。うそっぱちの演技で泣いているみたいで、はずかしくて申し訳なかったけれど、でも涙は止まらなかった。

朝の会がはじまっても、一時間目の国語の授業がはじまっても、わたしは「死ぬということ」について考えていた。死んだらどうなるのだろう。そこで真っ暗になって、終わりなのだろうか。それとも天国があるのだろうか。そこは今の日本みたいなところだろうか。自分の家があって、死んだおじいちゃんがいるのだろうか。

そこまで考えて、ありえないことに思い当たった。だって、おじいちゃんの前にはそのまた昔のおじいちゃんやおばあちゃんがいるはずだ。いわゆるご先祖様という人たちだ。

ご先祖様たちはみんな死んでいるんだから、家のなかは満杯になってしまう。あの世は、いろんな家のご先祖様だらけだ。今生きている人たちより、これまでに死んだ人のほうが多い。人類が誕生してから七百万年。その人たちはみんな死んでいるのだから、あの世は死んだ人でいっぱいだ。今こうしている瞬間だって、死んでいる人はいるのだ。

「遼子ちゃん。昨日はたのしかったね」

休み時間、廊下の窓から外を眺めていたら、四葉ちゃんに声をかけられた。

「あ、ああ、四葉ちゃん。昨日はどうもありがとう。たのしかった。また遊びに行かせてね」

頭がすぐに切り替わらなくて、棒読みになってしまった。

「遼子ちゃん、どうかした？　なんだか元気ないみたい」

「ぼけっとしてただけ。大丈夫だよ」

でも、四葉ちゃんになら話してもいいかもしれないと思った。昨夜書いた四葉ちゃんちのポエム、「四葉ちゃんちは、不思議な家」。勝手な思い込みかもしれないけれど、四葉ちゃんちは、死とかあの世とかご先祖様のような、目に見えない世界とどこかでつながっているように感じられるのだ。

「あのね、四葉ちゃん。人って死んだらどうなると思う？　天国って本当にあるのかな？　死んでからもなにかを考えたりすることできるのかな？　それとも、もうそれっきりでおしまいなのかな？」

わたしは、四葉ちゃんの目を見て一気に言った。四葉ちゃんは、特段驚いた様子もなく、ゆっくりとひとつ大きくうなずいて、それから少しの間を置いてしゃべりはじめた。

「死んだあとのこと、わたしもずっと不思議に思ってた。考えても考えてもわからなかった。でも、ひいおばあちゃんは、あの世はあるって言うの。肉体がなくなっても魂はずっとあって、向こうの世界で存在してるって」

「魂ってなに？　心ってこと？」

「よくわからないけど、きっと、その人そのもののことだと思う」

「……その人そのもの？　むずかしいね」

「お母さんはね、あの世なんてないって言うの。死んで帰ってきた人はいないんだから、わかるわけないって。天国とか地獄とか、そういう死んだあとの世界は、みんなが勝手に想像した世界だって言うの。今を善く生きるために、昔の人たちがそう伝えてきただけだって」

「四葉ちゃんのひいおばあちゃんとお母さんでは、言ってることが違うんだね」

「うん、お母さんはとても現実的な人だから、そういうのをあまり信じないんだよね」

「そうなんだ」

「でもお母さん、わざとそう言ってるような気もする」

「わざとって？」

「本当は信じてるけど、目に見えない世界のことを、わたしから遠ざけようとしてる感じがするの」

目に見えない世界。そんな世界が本当にあるのだろうか。

「おばあちゃんはなんて言ってるの？」

「おばあちゃんは、いろんな考え方があるって言う。どれもみんな正解だって。そういうことをいろいろ考えて、人間は成長していくものだって」

わたしはなんて言っていいかわからなくて、ただ大きく息を吐き出した。四葉ちゃんちのひいおばあちゃん、おばあちゃん、お母さん、みんなそれぞれの考えがあるんだと思った。

「でも、わたしはひいおばあちゃんの説を信じるなあ。魂ってあると思うから」

四葉ちゃんが言う。わたしは四葉ちゃんの顔をじいっと見つめた。四葉ちゃんの黒目は、つるっと丸くてビー玉みたいで、吸い込まれそうだった。

「魂とか、わたしにはやっぱりまだよくわからないや。ごめんね、急にへんなこと聞いちゃって」

うううん、と四葉ちゃんは首を振った。四葉ちゃんに話したら、なぜか気持ちがずいぶんと楽になった。わからないことは、わからなくてもいいんだって、素直に納得できた気がした。

「ねえ、ところで、四葉ちゃんは宇宙人っていると思う？」

四葉ちゃんはきょとんとした顔で「宇宙人？」と返した。昨日のテレビ番組は見ていないらしい。

「会ったことはないけど、宇宙ってとっても広いから、いるんじゃないかなあ」

四葉ちゃんが言う。わたしも同じように思っていた。

「どうもありがとう」

お礼を言うと、四葉ちゃんは、

「どういたしまして」

と微笑んだ。

あっ、わかった。四葉ちゃんが似ているという誰かの正体。お地蔵さまだ。四葉ちゃんは、やさしいほほえみをたたえて道ばたに立っている、お地蔵さまに似ているのだ。

結局、おばあちゃんのお見舞いに行けたのは週末になってからだった。３０５号室。

お父さんとお母さんはナースステーションに用事があるというので、わたしだけ先に来た。お兄ちゃんは文化祭の準備で忙しいといって、朝早くから学校に行ってしまった。

おばあちゃんの病室は六人部屋だ。病室の入り口に六人分のネームプレートが貼ってあって、そのなかに「江里口登己子」の名前があった。一人だけ名前が長いのですぐにわかった。

そろりそろりと病室に入っていく。おばあちゃん、びっくりするだろうなと思うと、顔がにやけてしまう。カーテンが閉まっているベッドが多かった。半分だけカーテンが開いているところがあったのでのぞいてみると、おばあちゃんが横になっていた。目が開いてるから、寝てはいないようだ。

「おばあちゃん」

最初は小さい声で呼んでみた。聞こえなかったようなので、もう一度、今度はいつもの声のボリュームで声をかけた。

おばあちゃんが、わたしのほうを見た。

「……あら」

と、驚いたような顔をする。

「お見舞いに来たよ」

来がけに買った、おばあちゃんの好きな胡麻まんじゅうを掲げる。

「……あれ、ええっと、だあれ？　だれだったかしらねえ……」

そうつぶやいて、ふいと顔をそむけた。

「え？　わたしだよ、遼子だよ」

そう言って、おばあちゃんの肩に手をかけたら、おばあちゃんは、ぱっと布団を頭からかぶってしまった。

「え？　やだ、どうしたの？　おばあちゃん。遼子だよ、遼子」

わたしはもう一度おばあちゃんの肩のあたりを触った。おばあちゃんの身体がびくっとして、わたしも思わずびくっとしてしまった。

「おばあちゃん。こっち向いてよ、おばあちゃん」

おばあちゃんは反対側を向いて、布団をかぶったままだ。

「遼子」

声に振り返ると、お母さんが立っていた。お父さんも一緒だ。用事が済んだらしい。

「ねえ、お母さん。おばあちゃんがへんだよ。こっちを見てくれない……」

お母さんはわたしの顔を見て、目だけでうなずいてから、ゆっくりとおばあちゃんの背中に手をやり、

「お義母さん」

と声をかけた。少しあとに、もう一度「お義母さん」と言った。お父さんは腕組みをしたまま、なにも言わないで見ている。

もぞもぞと、おばあちゃんが布団から顔を出した。ゆっくりと振り返ってこちらを見

る。

「お義母さん」

お母さんが言うと、おばあちゃんはお母さんを見て、

「雅子(まさこ)さん」

と、お母さんの名前を言った。わたしはほっと胸をなでおろす。

「おばあちゃん」

わたしが呼ぶと、おばあちゃんは眉間(みけん)にしわを寄せた。

「孫の遼子ですよ」

お母さんが言う。おばあちゃんは一瞬考えるようなそぶりを見せてから、

「あ、ああ。遼子ちゃんかい。大きくなっちゃってわからなかったよう」

と、言った。

「胡麻まんじゅう買ってきたよ」

「ああ、胡麻まんじゅうね。どうもありがとう」

「どうだい、調子は」

お父さんが後ろから声を出す。おばあちゃんは、ぽかんとした顔でお父さんをじっと見てから、小さな声で「こんにちは」と言った。それきり目をそらして、お父さんのほうを見ようとしない。

おばあちゃんは、お父さんのことが誰だかわからないんだと思った。お母さんが来る

まで、わたしのこともわからなかったのだ。

「おまんじゅう、食べますか」

お母さんが聞くと、おばあちゃんは「そうだね」とうなずいて、

「遼子ちゃんも食べなさいよ」

と言った。わたしは、元気よく笑っていなくちゃいけないと思って、明るく振る舞った。おいしいねえ！と声をあげ、学校でのことを話し、四葉ちゃんちに行ったことも話した。

ついこのあいだ、四葉ちゃんちのことをおばあちゃんに話したというのに、もう忘れてしまっているようだった。心のなかでは悲しかったけれど、わたしがしっかりしておばあちゃんを励まさなければと、自分を無理やり奮い立たせた。おばあちゃんより、わたしのほうが大人みたいだ。

おばあちゃんはわたしが話しかけるより、お母さんと会話するほうが安心するようだった。お父さんはいつのまにか、席を外していた。わたしもジュースを買いに病室を出た。

自動販売機の前に、休憩所みたいなところがあって、パジャマを着た患者さんたちがくつろいでいた。見れば、お父さんが長椅子に座って缶コーヒーを飲んでいる。

「お父さん」

「おお、遼子、お前も来たのか。おばあちゃん、どうだ」

「よくわかんない」

「……だいぶぼけちゃったなあ」

お父さんが言う。頭に来た。

「そんな言い方ないと思う。おばあちゃんって、お父さんのお母さんでしょ。お父さん、こんなところにいないでそばに行ってあげなよ」

怒り口調でわたしは言った。

「まあなあ……」

それだけ言って、コーヒーを飲んでいる。

「おれのこともわからなくなっちゃったなあ」

そうつぶやいたお父さんの顔がさみしそうだったので、それ以上言うのはやめた。

「そうだ、遼子。さっき藤原さんの話してただろ。遊びに行ったんだな」

「うん。すっごく広い家だったよ」

「お父さんも子どもの頃、一度だけ行ったことがあったなあ。四葉ちゃんだっけ？ その子のお母さんが、おれよりも確か四級下だったっけな」

四葉ちゃんのお母さんにはまだ会っていないけれど、親同士が知り合いだなんてうれしくなる。四葉ちゃんのおばあちゃんも、うちのおじいちゃんと遊んだことがあると言っていたし、なんだか得した気分だ。

「ねえ、お父さん。こないだ四葉ちゃんちのこと、幽霊屋敷って言ってたよね。あれ、気になってたんだ。どういう意味？」

聞きたかったことをたずねると、お父さんは頭をぽりぽりとかいた。

「酔っ払っていて余計なこと言っちゃったなあ。ごめんな、悪かった」

「うん、わかった。それはいいから。で、幽霊屋敷ってなんで？」

まいったなあ、と言って、お父さんはまた頭をかいた。それから、ようやくしゃべりはじめた。

「ほら、藤原さんのところはものすごいお屋敷だろ。門もすばらしくて塀も高くて、木が生い茂っていて、外側からはなかが見えないようになっている。だから自然とそういう噂が、子どもたちの間でささやかれるようになったんじゃないかなあ……」

「うそばっかり。なにか知ってるんでしょ。教えてよ」

「まいったなあ……」

お父さんは、腕を組んで少し考えたあと、まあいいか、時効かな、と自分に向かって言うようにつぶやいた。

「四葉ちゃんのお母さん、照美ちゃんっていったかなあ。どういう経緯だか忘れちゃったけど、子どもの頃、何人かで遊びに行ったことがあったんだ。驚くような広いお屋敷で、裏には祠まであって、なんていうのか、みんなちょっと怖かったんだよな」

美音も怖かったと言っていた。

「そのとき、みんなでかくれんぼをしたんだ」

「うん、かくれんぼにぴったりのおうちだよね。お父さんは、どこに隠れたの？」

「おれはみかんの木に登って隠れた」

そう言って、ちょっと笑った。

「何人いたかは忘れたけど、結局みんなオニに見つかった。だけど、一人だけがどうしても見つからない。家のなかの押し入れまで全員でさがしたけど、どういうわけか、どこにもいないんだ」

こないだ感じた、皮膚の表面が粟立つ感覚がやってくる。怖い。怖いけれど見たいし、知りたい。

「照美ちゃんのお母さんやおばあさんまで出てきて、もしかして、蔵じゃないか、ってことになったんだ。その日はどういうわけか、蔵の扉が少しだけ開いてたんだよ」

「蔵はさがしてなかったの？」

「いや、もちろんさがしたさ。みんなで蔵のなか全部。でも、おれたちが見に行ったときは、誰もいなかったんだよな」

わたしは四葉ちゃんちの蔵を思い出していた。入り口に大きな閂がついていた。

「照美ちゃんと、照美ちゃんのお母さんとおばあさんが蔵に入っていった。その間、おれたちは外で待ってたんだ。なにか唱えているような声がわずかに聞こえた。それからしばらくして扉が開いて、照美ちゃんたちと一緒にその友達が出てきたんだ」

「……どういうこと？」

「おれにもよくわからなかった。隠れていた友達も、そのときはなんにも言わないからわからなかったんだ。でもそれから何日か経って、そいつが、蔵で幽霊を見た、って言いはじめたんだ」

わたしはお父さんの目をじっと見た。

「最初は、蔵のなかにある荷物の後ろに隠れていたけれど、いつのまにかウトウトしてしまったらしいんだ。はっ、と気付いたら、目の前に亡くなったお母さんがいたそうだ」

ひゅっ、と息を吸ったら、げほげほっとむせた。お父さんが、大丈夫か、とわたしの背中をさする。

「その友達のお母さんは、そいつが小さいときに病気で亡くなっているんだ。現れたお母さんは昔みたいにやさしくて、友達は学校での出来事や家のことをたくさん話したらしい。うれしかったし、とてもたのしかったと言っていた」

「……そうなんだ」

「だから、その友達はべつに怖い思いをしたわけじゃなくて、まして幽霊だなんて、とても思わなかったそうなんだけど、他に言い方がなかったんだろうな。だって実際、そいつのお母さんはもう亡くなっているんだから。結局、幽霊って言葉が一人歩きしてしまって、照美ちゃんの家は幽霊屋敷と噂されるようになったんだ」

「……四葉ちゃんのお母さん、かわいそう」

「ああ、本当に悪いことをしたって友達も言っていた。お母さんに会いたいから、また蔵に行きたかったみたいだけど、なんとなくみんな照美ちゃんの家には寄りつかなくなってしまってな」

「そうだったんだ……」

そんなことがあったなんて。自分の家を幽霊屋敷なんて言われたら、いい気はしないだろう。

「ねえ、お父さん。今思ったんだけど、幽霊屋敷の噂広めたのって、まさかお父さんじゃないでしょうね？　だって、こないだも四葉ちゃんちのこと話したら、お父さん、すぐに幽霊屋敷か、とか言って、お母さんに怒られてたじゃない。どうなのよ」

「どうなのよって……。まいったな、こりゃ」

この煮え切らない様子を見ると、お父さんが噂を広めた張本人らしい。大きなため息が自然ともれる。

「いやー、悪気はなかったんだけどなあ。子どもってのは残酷だなあ」

お父さんはそんなふうに言って、しらじらしく笑った。まったくどうしようもない。

「ちょっとだけ軽蔑（けいべつ）したからね」

にらんで言うと、お父さんはまたぽりぽりと頭をかいた。

病室に戻って、おばあちゃんと少し話をしたけれど、おばあちゃんはわたしのことを、もう忘れてしまっているようだった。そして、お父さんが自分の息子だということは、ついぞわからなかった。丁寧に説明してもだめだった。お父さんは笑っていたけれど、本当の気持ちはどうだったんだろうと考えてしまう。

忘れっぽかったとはいえ、ついこのあいだまでは家でふつうにしゃべっていたのに、おばあちゃんは本当にあっという間にたくさんのことを忘れてしまっていた。だって、まだ入院して一週間も経っていない。

わたしの知っているおばあちゃんは、どこかに行ってしまったのだろうか。悲しくて、かわいそうで、つまらなくて、切なくて、おばあちゃんのことを考えると、耳の奥がきーんとなった。

帰りの車のなかで、わたしはお母さんに、

「わたしのこと、忘れないでね」

と言った。お母さんは、

「忘れないわよ」

と、言ってくれた。


放課後、わたしたちは三人でよく遊ぶようになった。もっぱら四葉ちゃんの家に行き、四葉ちゃんの部屋でおしゃべりをしたり、畑の前やみかんの木の前でバドミントンをしたりバスケットボール遊びをしたりした。

たまに四葉ちゃんのおばあちゃんがバドミントンに参加することもあり、それがなかなかうまくて、わたしと美音はひそかに驚き、感嘆した。うちのおばあちゃんと歳が近いと思うけれど、ぜんぜん違うんだなあと思った。

四葉ちゃんの部屋で遊んでいると、ひいおばあちゃんが菓子盆に載せたお菓子を持ってきてくれることがあり、こんなに背中が丸まって顔も下向きなのに、よく物を持って歩けるものだと感心してしまうのだった。

四葉ちゃんに、お父さんから聞いた話をしようかなと思ったこともあったけれど、やっぱり言えなかった。自分が住んでいる家が幽霊屋敷と呼ばれていただなんて、わたしだったら絶対に聞きたくないし、その噂を広めたのがうちのお父さんだなんて、絶対に言えやしない。

四葉ちゃんの家を最初は怖がっていた美音だけれど、何度か行くうちにすっかり慣れたようだった。四葉ちゃんといると美音はとても穏やかで、昔の美音に戻ったみたいだった。


六月に入ってすぐ、お兄ちゃんの高校の文化祭があった。美音と四葉ちゃんを誘って、バスに乗って出かけた。その日は暑いくらいの陽気で、美音は短パンにノースリーブにサンダルという、真夏の格好だった。

「高校に行くなんてはじめて。たのしみだなあ」

美音が言い、四葉ちゃんも、

「わたしもはじめて。わくわくするね」

と、うれしそうだった。わたしは去年、お母さんとおばあちゃんと三人で来た。ブラスバンドや演劇を見て、すごいわねえ、と感動していたおばあちゃんは、今入院していて、わたしのこともわからない。ふと頭のなかに新しいポエムが浮かんだけれど、悲しいポエムだったので却下した。

お兄ちゃんの映画の上映は午後からなので、それまで三人でいろいろな出し物を見学することにした。美音は中庭の舞台でやっていたダンス部のダンスに夢中だった。美音がその場で、むずかしいステップを真似していたら、まわりにいた何人かの高校生が口笛を鳴らして、拍手をしてくれた。美音は照れていたけどうれしそうだった。ダンスを習う！　と意気込んでいた。

四葉ちゃんは、生物部が好きなようだった。顕微鏡で微生物を観察したり、鉱物についての展示発表を時間をかけて読んだりしていた。

その間わたしと美音は、青いザリガニを観察した。えさを変えると青色になるらしい。部員の人に勧められて、糸にえさをつけてあげようとしたら、青ザリガニがはさみを振って必死にえさに食らいつこうと、からだを大きく持ち上げた。

「そんなにがっついてると、あげないよ」

美音の言葉がわかったのか、青ザリガニがはさみをおろしたのがおかしかった。

わたしは美術部の展示が気に入った。「青」というテーマの展示があり、個性的な作品が多く飾られていた。なかに「空」というタイトルの水彩画があった。前に、教室の窓から見た五月の空が、そのままそこにあった。太陽光線の半透明のベールが、青い空に美しくかかっている。それは写真みたいな絵ではなくて、まさに絵だったけれど、あのときに見た空そのもののような気がした。

「きれいだね」

いつのまにか四葉ちゃんが横に立っていた。

「わたし、こういう絵をいつか描けるようになりたい」

絵から目を離さずにつぶやくと、

「うん、なれるよ、きっと。遼子ちゃんがなりたいと思ったら、なれるんだよ」

と四葉ちゃんが、間違いない未来を予言するように言ってくれた。うれしくなって、高校生になったら美術部に入ろうと決めた。

それからお化け屋敷に入った。真っ暗すぎてよくわからなかったけれど、太鼓と笛のひゅーどろどろどろ、という効果音だけでも、とてつもなく怖かった。顔にびちゃっとなにかが当たった感触があって、三人で悲鳴をあげた。出口のところでは、マネキンが倒れてきて、おしっこをちびりそうになった。

「ひー、怖かったあ」

「涙が出ちゃった」

「あの、びちゃっとしたの、なに？　顔に当たったたやつ」

美音が言って、三人で濡れた顔をぬぐった。ぬぐった手をかいでみると、へんなにおいがする。

「くさい！　なにこれ？　やだ、もしかして、こんにゃくじゃない⁉」

三人で急いで手洗い場に行って顔を洗う。においがなかなか取れない気がして、お互いの顔のにおいをかいでいるうちになんだかものすごくおかしくなって、お腹が痛くなるまで大笑いした。

お昼は焼きそばとたこ焼きとクレープを買い、中庭のベンチに座って、割り箸で突き合いながら三人で食べた。陽差しがきらきらとまぶしくて、メロンソーダのプラスチックカップの水滴がきれいだった。ほてった頰にカップをあてると、氷の冷たさが伝わってきて、夏を先取りしたような気分になった。

芝の黄緑が気持ちよくて、三人でいる心地よさがじんわりと胸にしみこむ。十七歳になっても、こうして三人でお昼を食べて、メロンソーダが飲めたらいいと思った。

上映時間近くになり、お兄ちゃんのいる映画研究部に向かった。

「待ってたよー。さあ、座って」

紗知ちゃんが三人分の席を取っておいてくれた。席と言っても、部室の床にシートが敷いてあるだけだ。映画のチラシとアンケート用紙をもらう。

「よう、来たか」

お兄ちゃんが顔を出した。

「遼子は出演女優だからな」

大きな声で言うので、まわりの人がじろじろとわたしを見て、すごくはずかしかった。黒いカーテンが閉められて、教室の電気が消えた。室内が真っ暗になる。

「上映開始の時間となりました。午後一時から、『冥王星からの使者X／サインコサインタンジェント』をお送りします。監督・脚本は、江里口浩之。主演は大橋学、谷崎洋子です。どうぞおたのしみください」

紗知ちゃんの声がマイクで響く。自分の名前は呼ばれなかったので、ほっと胸をなでおろす。

ジーッという音が鳴り、スクリーンにタイトルが浮かび上がる。バーンと太い書体で、漫画の擬音が飛び出すようなタイトルが出てくるのかと思っていたけれど、チャコール色のバックに、とても小さな白抜きの明朝体でタイトルが現れ、なんとなくおしゃれに見えた。

制服を着た高校生の女の子が、歩道橋を歩いているシーンからだ。これからどんな展開になっていくのだろう。ちょっと期待してしまう。自分がどんな姿で映っているのかも気になる。わたしは、どきどきしながら画面を見つめた。

「『冥王星からの使者X／サインコサインタンジェント』、これにて終了させていただきます。いかがでしたでしょうか。ご意見、ご感想など、アンケート用紙にぜひご記入くださーい」
マイク越しの紗知ちゃんの声。三十分後、映画は終わったのだった。
感想はひとこと、ひどい映画だった、に尽きる。期待した自分がばかだった。

高校生の男女が冥王星から来たという石ころ生命体Xを見つけて、それを白装束の二人組が盗み、高校生たちが取り返し、中間試験の勉強中にサインコサインタンジェントが冥王星からの石ころ生命体Xと共鳴していることを発見して、ひょんなことからその情報を白装束二人組に教えることになり、高校生と白装束は仲間となって四人でいろいろ調べていくうちに、石ころ生命体Xのなかに地球上の生物すべての病に効くという物質を見つけたが培養方法がわからないため、石ころ生命体Xの協力を得て冥王星と通信したが失敗し、その影響を受けたモグラが人間になって、でもモグラは結局死んでしまい、石ころ生命体Xも消滅してしまう。

という、まったくもって支離滅裂で意味不明な話だった。そもそも時間が足りなすぎる。三十分の映画は最初から最後まで早足で、かと言って、もっとゆっくり見ていたいというのとも違った。なにを伝えたいのか、皆目わからなかった。
わたしの、人間になりそこねたモグラの迫真の演技はまるで無駄になった。お兄ちゃんに、もう千円もらわないと割に合わない。いや、千円どころじゃない。だって、わたしの人生の汚点に違いないと思うから。

カーテンが開けられ、視界が一気に明るくなる。見ていた人たちが立ち上がって、腕を伸ばしたりあくびをしたりしている。

「ほら、立って。遼子」

美音に腕を引っ張られて、わたしはよろよろと立ち上がった。

「遼子ちゃんの演技よかったよ」

四葉ちゃんが言う。

「うん、映画はよくわからなかったけど、遼子の、人間になりそこねたモグラは真に迫ってた」

めずらしく美音までが、なぐさめるようなことを言ってくれる。

「どうだったー？　ちょっとむずかしかったよね？　一応アンケート書いてくれるとうれしいなあ」

紗知ちゃんだ。美音と四葉ちゃんは、気を遣ってなのか面倒なのか、「おもしろかったです」と、それぞれひとことずつ書いていた。わたしは、

「お兄ちゃんは映画カントクに向いてないと思います。キャクホンがぜんぜんダメです。わたしが書いたほうがマシです！」

と、記入した。出口でお客さんたちに挨拶をしているお兄ちゃんをにらんで、映画研究部をあとにした。

その後は気を取り直して、講堂に軽音楽部の演奏を聴きにいった。いろんなバンドが出ていた。どのバンドもみんなかっこよくて、美音なんて、まわりの高校生たちと一緒になって腕を振り上げて盛り上がっていた。

三人でくっつき合って校内を散策して、綿菓子を食べて、かき氷を食べて、おしゃべりをした。高校生たちはたのしそうだった。みんなでわいわい騒いでいて、なんだかまぶしかった。

「文化祭ってたのしいね。高校生っていいなあ」

美音が、スキップするような足取りで言う。

今日の美音は元気だった。利央斗くんの三回忌はいつだろう。あれから美音はなにも言わないので、わたしからも聞けないでいる。利央斗くんの法事は辛いと思うけれど、それをわたしが言うのは反則だ。利央斗くんのことは、美音や美音の家族にしかわからない。

保護者会が主催しているバザーコーナーがあった。

「掘り出し物があるかもよ。見てみよう」

ほとんどお客さんはいなかったけれど、おばさんたちがおしゃべりしながらのんびりとバザー品を売っていた。

「これ、見て！」

美音がなにかを見つけたようだ。行ってみると、七宝焼のキーホルダーが売られていた。

「四つ葉のクローバー！」

三人で声がそろう。おばさんが笑顔でこっちを見た。

「これ、わたしが作ったのよ。すてきでしょ」

四つ葉のクローバーの形をした七宝焼。ちょうど三つある。

「ひとつ百円よ。大サービス」

わたしたちは顔を見合わせた。

「おそろいで買おうよ！　わたしピンクがいい！」

美音がそう言って、ピンク色の四つ葉のクローバーを取った。残り二つは、黄緑と水色だ。

「遼子ちゃんは、どっちがいい？」

「両方ともかわいいね。わたしはどっちでもいいよ」

本当は水色がよかったけれど、黄緑色もすてきだし、先に四葉ちゃんに決めてもらいたかった。

「じゃあ、わたしは黄緑にするね。四葉の四つ葉のクローバーだから、本物っぽい黄緑色で」

四葉ちゃんは、まるでわたしの気持ちを読んでくれたように言って、わたしは水色になった。春の空みたいなきれいな水色だ。

「三人でおそろいだね」

「うん、大事にしよーっと」

「宝物だね」

お財布から、百円ずつ出しておばさんに渡した。

「かわいいわねえ。お似合いよ」

さっそくそれぞれのバッグに付けたら、おばさんが言ってくれた。

歩くたびにシャラッと動くおそろいのキーホルダー。仲よし三人組の証(あかし)みたいでうれしかった。


曇りや小雨の日が続くと思っていたら、どうやら梅雨入りしていたらしい。季節って、誰に言われるでもなく、きちんと役割を果たすのだなあと、切り取り線のような雨を見ながら思う。

「遼子さん。江里口遼子さん」

おいっ、と柊介に腕を叩かれて、我に返る。浅野先生が教壇からこっちを見ていた。

「遼子さん、よそ見してる場合ではないですよ。次、あなたの番です」

わたしは慌てて、教科書に目をやった。国語の教科書を順番に音読しているところだった。どこからかわからずページをめくっていると、柊介に五十七ページ！　と言われた。読み終わったばかりのよっちんがわたしを振り返ってため息をつき、「ここから」と言って、二行目を指さした。くすくすとまわりから笑いがもれる。

「遼子さん、雨は好きですか」

先生が聞いた。わたしは少し考えてから、「好きです」と答えた。

「でも今は授業中なので、雨は休み時間にたっぷり眺めてください。今はしっかり集中してね。では続きを読んでください」

浅野先生が言い、またみんなから笑われた。

【当軒は注文の多い料理店ですから、どうかそこはご承知ください。】

「なかなかはやってるんだ。こんな山の中で。」

「そりゃあそうだ。見たまえ、東京の大きな料理屋だって大通りには少ないだろう。」

二人は、言いながら、その戸を開けました。すると、そのうら側に、

【注文はずいぶん多いでしょうが、どうかいちいちこらえてください。】

「これはぜんたいどういうんだ。」

一人のしん士は顔をしかめました。

先生が、「はい、そこまで」と言ったので、着席した。後ろの席の子が続きを読んでいく。

宮沢賢治(みやざわけんじ)の『注文の多い料理店』。最初読んだときは、意味がよくわからなかった。物語の冒頭で、白クマのような二匹の犬があわをはいて死んでしまったのに、最後のほうでは、その犬が戸をつき破って部屋のなかに飛び込んでくるのだ。

わたしはよっちんに、これはどういうわけなのかをたずねた。まだ授業で、内容について勉強する前のことだ。

「山猫に化かされてたのよ。すべてまやかしだったの。犬が、紳士たちを向こうの世界からこっちの世界に引き戻してくれたんだと思う」

よっちんはそう言って、とても深い話だよね、と付け足した。わたしにはむずかしくて、はっきりいってよくわからなかった。

雨が強くなってきた。風が出てきたのか、点線の雨足が斜めになっている。向こうの世界って、どこにあるのだろう。物語に出てきた二匹の犬のように、向こうの世界とこっちの世界を、行き来することってできるのだろうか。

天国にいる利央斗くん。このあいだの土曜が利央斗くんの三回忌だったらしい。わたしはそれをお母さんから聞いた。美音はなにも言わなかった。美音の元気玉は、最近また少ししぼんでいるみたいだった。

向こうの世界ってなんだろう。そこには利央斗くんがいるのだろうか。死んじゃったおじいちゃんがいるのだろうか。行けるものなら、行ってみたいと思った。

今日は朝から、雨がザーザーと音を立てて降っていた。わたしは長靴が好きだけど、びしょびしょになっていた。美音はダサいから絶対履きたくないと言って、普段のバッシュで登校してきて、びしょびしょになっていた。

「今度の日曜日、ひいおばあちゃんのご詠歌があるんだけど、一緒にどうかな？」

四葉ちゃんに声をかけられた。

「ご詠歌って、四葉ちゃんが好きだって言ってた歌のこと？」

「うん、そう。ひいおばあちゃんが、たまに近所の人に教えてるの」

「あのひいおばあちゃんが？」

四葉ちゃんは笑って、うなずいた。

「入れ歯をすれば、大きな声が出るんだよ。ご詠歌やるときだけは姿勢もしゃんとするの」

「へえー」

ご詠歌。ちょっとむずかしそうだけど、なんだかおもしろそうだ。

「うん、行きたい。ご詠歌聞いてみたい」

おばあちゃんのお見舞いは土曜日に行けばいいだろう、と頭のなかで予定を立てた。

「美音ちゃんは？」

美音はぼうっとした表情で窓の外を見ていた。

「うん？　なに」

「やだあ、聞いてなかったの。日曜日、四葉ちゃんちに遊びに行くって話。ひいおばあちゃんがご詠歌教えてくれるんだって」

「ごえいか？　ふうん。よくわからないけど、家にいてもつまんないから行こうかな」

四葉ちゃんはちょっと心配そうな顔で美音を見たけれど、たのしみにしてるね、と笑顔で言った。


土曜日に、おばあちゃんのお見舞いに行った。お父さんは仕事が入って来られなかったけれど、お兄ちゃんが一緒に来た。文化祭が終わって、ひまになったらしい。あの、わけのわからない映画については、

「お前にはまだわからない」

の、ひとことで終わりだった。同級生たちには評判がよかったと言っていた。そんなの、とても信じられない。

おばあちゃんは、今日もわたしのことがわからなかった。わたしの顔も名前も忘れてしまったようだった。お母さんが「孫の遼子ですよ」と言っても、わからなかった。

「日によって容態が変わるから気にしなくて大丈夫よ。昨日はちゃんと遼子のこと覚えてたんだから」

お母さんはそう言ってくれたけど、わたしはつまらない気分だった。病気になって記憶があやふやになってしまったおばあちゃんはかわいそうだと思うけれど、すっかり忘

れられてしまったわたしも相当気の毒だ。これまで、おばあちゃんと過ごしてきた日々はなんだったのだろうかと思ってしまう。

そしてなによりがっかりしたのは、おばあちゃんはわたしのことはわからなかったのに、お兄ちゃんのことはすぐにわかったのだった。

「浩くんかい。会いたかったよう」

そう言って、おばあちゃんは涙を流した。大ショックだったし、頭に来た。家にいたときだって、お兄ちゃんはおばあちゃんとろくに話もしなかったのに、なんで？　おかしくない？

「ばあちゃん、早く元気になってな」

お兄ちゃんはそう言って、へらへらと笑っていた。浩之は初孫だから、とお母さんは言っていたけど、納得いかなかった。もうお見舞いなんて、二度と行きたくないと思った。


日曜日、美音と連れ立って四葉ちゃんの家に行った。昨日は曇りだったけれど、今日は朝からまた雨だった。美音は長靴を履いていた。

「学校じゃないときは長靴だよ」

美音なりの美意識があるらしい。

公園通りに、あじさいが見事に咲いていた。濃い青色や紫色がとてもきれいだ。水彩絵の具を丁寧に根気よく混ぜていったら、同じ色が作れそうだ。

「美音はあじさいって何色が好き？　わたしは断然青だなあ。きれいだよねえ」

わたしが言うと、美音は少しだけ顔をしかめた。

「わたし、あじさいってあんまり好きじゃない。小さい花がたくさん集まってて、なんだか気持ち悪いもん」

「え、そう？」

「それにあじさいって、土が酸性かアルカリ性かで花の色が変わるんでしょ？　そういうのもちょっと不気味な感じがする」

美音は少し間を置いてから、あじさいってお寺のイメージだし、と付け足した。

美音があじさいを苦手なのは、もしかしたら利央斗くんのことを思い出すからなのかもしれない。

「早く行こ」

美音に腕を引っ張られて、雨のなかを早足で四葉ちゃんちへ向かった。

「いらっしゃい。すごい雨だね。来てくれてどうもありがとう」

四葉ちゃんは門のところで待っていてくれた。玄関では四葉ちゃんのおばあちゃんが出迎えてくれた。

「電話があって、年寄り衆は雨だからお休みするって」

「そうなの？」

四葉ちゃんのおばあちゃんと四葉ちゃんが話している。

「近所の人たち来ないって。ご詠歌、どうしようか」

申し訳なさそうに四葉ちゃんが言う。

「じゃあ、やらないってこと？」

「ひいおばあちゃんは、一人でもやると思うよ。遼子ちゃんと美音ちゃんはどうする？」

「やりたい！」

と、わたしは言った。そのつもりで来たし、興味津々だ。美音はどっちでもいいよ、と、どうでもよさそうだった。だったらやろうということになって、客間に行った。畳が敷き詰めてあって、とても広々としている。三組のクラスメイト全員が泊まっても大丈夫そうだ。

ひいおばあちゃんはベージュ色の着物を着て、座布団にちょこんと座っている。まるで置物みたいだ。

「今日は雨だから誰も来んってなあ。歳とると雨降りの日はあちこちが痛むからねえ。あんたらは、やるかえ？」

「うん、お願いしまーす」

四葉ちゃんのあとに続けて言って、切り株みたいな木目のある、重厚な座卓のまわりに座った。

「みんな、はじめてかえ」

わたしと美音は、こっくりとうなずいた。

「そうさねえ、なにをやろうかねえ。能書き垂れてもせんないから、声を出したほうがいいねえ。まあ、そうさねえ、地蔵和讃がええかねえ」

お地蔵さまの歌らしい。四葉ちゃんに似ている、お地蔵さまの歌だ。お兄ちゃんが中学の修学旅行でお土産に買ってきてくれたガラスのお地蔵さまの置物は、わたしのお気に入りだ。

「とりあえず聞いてみる？」

四葉ちゃんが言い、わたしと美音はうなずいた。

リーン

ひいおばあちゃんが、鈴みたいなものを鳴らした。まわりの空気が一気に清められた感じがした。

こーれーは　こーのーよーの　こーとーなーらーずー　しーでーのやーまーじーのすーそーのーなーるー

お腹の底から絞り出すようなひいおばあちゃんの歌声にびくっとしたとたん、腕に鳥肌が立った。普段の声とはまったく違った声色だった。こんな小さな身体から出るとは思えないほどの、太くて重厚な声。ぶるっと震えがきて、また、ぞぞっ、と腕に鳥肌が立った。

ひいおばあちゃんの声は、こことは違うどこか他の場所に向かって放たれているように感じられた。ひいおばあちゃんの声が道になって、どこか他の場所につながっていくみたいだった。

でも、どこか他の場所ってどこだろう。ここではない世界。あの世だろうか。おじいちゃんや利央斗くんがいる、この世ではない世界。

ぼんやりしていると、自分の心をどこかべつの場所に持っていかれそうで、わたしは頭を軽く振ってから、肩をほぐすみたいに何度か上下させた。

美音に肘を突かれた。美音が眉根を寄せて、口パクで「こんなのできない」と言っている。「お経じゃん」と口を動かす。歌謡曲かなにかの練習だと思っていたみたいだ。

わたしは目だけで美音を制して、ひいおばあちゃんに向き直った。

目を閉じて耳を澄ます。どこまでも悲しげな音調だった。遠い昔、自分がこの世に生まれ出るもっとうんと前から存在して、ひそかに受け継がれている調べのようだ。

ひいおばあちゃんの声は、最初のうちは怖かったけれど、慣れてくると徐々に心地よい音に変わっていった。

リーン

鈴の音が響く。日本昔話に出てくるような四葉ちゃんの家で、日本昔話に出てくるようなひいおばあちゃんと、こうして、日本昔話に出てくるようなご詠歌を歌っていると、今ここに広がっている現実が、本当にあるものなのかどうかがわからなくなる。

「こんなものよう」

歌い終わったひいおばあちゃんが、ほうっと息を吐き出してから言った。一番を歌い終えたらしい。

「ひいおばあちゃんが節をつけて歌うから、とりあえず一緒に声を合わせてやってみよう」

四葉ちゃんが、地蔵和讃と書いてある紙を配ってくれて、わたしと美音はうなずいた。

リーン。鈴の音が響く。おばあちゃんが歌い出し、四葉ちゃんも一緒に声を合わせた。ひいおばあちゃんの力強い声に四葉ちゃんの高い声が重なる。四葉ちゃんの声は、とても高くて涼やかで、ひいおばあちゃんとの対照がすばらしかった。二人の声がどこまでも伸びていって、天にまで届きそうだ。感動でも鳥肌が立つことがあるのだと、わたしは今日はじめて知った。

一字一字を目で追いながら、声を出してみた。なにが書いてあるのかは、むずかしくてわからなかったけれど、きっとありがたいことが書いてあるのだろう。

リーン　リンリーン

ひいおばあちゃんが鈴を鳴らすたびに、日本昔話の世界にさらに深く入り込んでいくような気がしたし、同時に鈴の音で新しい自分になれるような気にもなる。とても不思議な心持ちだった。

終わったとき、思わず、ふほーっ、と大きく息を吐き出していた。知らずに息を詰めていたらしい。

「……なんだかすごかった」

そう言うと、ひいおばあちゃんは、ひゃっひゃっ、と笑った。入れ歯をはめていないときは、ふぉっふぉっ、と笑っていたけれど、入れ歯をはめているときは、ひゃっひゃっ、になるんだと思って、おかしくなった。

「まずは声を出すことがいちばんだ。真似してりゃあ、そのうちできる」

ひいおばあちゃんはそう言って、鈴をリーン、と鳴らした。もう一回だ。

こーれーは　こーのーよーの　こーとーなーらーずー　しーでーのやーまーじーのすーそーのーなーるー

ひいおばあちゃんと四葉ちゃんの声をなぞって、さっきよりも大きな声で一緒に歌ってみた。歌うというより、言葉を大切に唱える、という感じだ。

さーいーのーかーわーらーのーもーのーがーたーりー　きーくーにーつーけーてーもーあーわーれーなーりー

一生懸命ついていく。単調なメロディだから、それっぽくできる。声を出すのって気持ちいい。美音はむずかしい顔をしていたけれど、ちゃんと声は出していた。

ふーたーつーやーみーっつーやーよーつーいーつーつー　とーおーにーもーみーたーなーいー　おーさーなーごーがー　さーいーのーかーわーらーにあーつーまーりーてー

なんとかついていって、声を合わせて歌い終えることができた。ひいおばあちゃんがリンリーンと鈴を鳴らす。

「ああ、いい音」

思わず言うと、リンリンリーンと、サービスで鳴らしてくれた。

「喉を潤そうかねえ」

ひいおばあちゃんが湯飲みに口をつける。四葉ちゃんが席を立って、わたしたちのジュースを持ってきてくれた。

「さあ、もういっぺんやるかえ」

少し休んだあと、ひいおばあちゃんが言った。こんなに小さい身体なのにすごい体力だなあと、わたしはひそかに尊敬した。真剣に声を出すとけっこう疲れる。

リーン　リーン

鈴の音に、自然と背筋が伸びる。少し慣れてきて、さっきよりも言葉を合わせられるようになった。お腹の底から声を出すようにして、一番を歌い終えた。

鈴が鳴って、ほうっ、と息を吐き出す。

「美音ちゃん……」

四葉ちゃんの声に美音を見ると、美音は顔を赤くして涙をぬぐっていた。びっくりした。

「ど、どうしたの、美音。大丈夫？」

美音は、歌詞の書いてある紙を握りしめている。

「……これ、どういう意味ですか。なにが書いてあるんですか」

震える声で、美音がひいおばあちゃんにたずねる。

「これはお地蔵さまのご加護の歌よう。お地蔵さまが子どもたちを守ってくれるんだよ。小さくして亡くなった子は不憫だなあ。ほんにかわいそうなことよ」

　そう言って、ひいおばあちゃんは突然涙ぐんだ。うちのおばあちゃんもそうだけど、お年寄りっていうのは、感情をすぐに行ったり来たりさせることができるのだ。

「こんな歌いやだっ！」

　美音が叫ぶように言って、そのままふすまをバンッと開け部屋から出て行ってしまった。

「え？　ちょ、ちょっと、美音！」

　わたしと四葉ちゃんは慌てて追いかけた。玄関で長靴を履こうとしている美音に、待って待って、と声をかける。美音は泣いていた。

「どうかした？」

　四葉ちゃんのおばあちゃんだった。騒がしかったので顔を出したらしい。

　おばあちゃんはわたしたちの返事を待たずに美音の肩を抱いて、こっちへいらっしゃいな、と声をかけた。美音はしばらく玄関に座って涙を手の甲でぬぐっていたけれど、おばあちゃんに、「ほうら」と促されて、ようやく足を動かした。わたしたちも一緒に居間に入った。

「ひいおばあちゃん、一人になっちゃったけど大丈夫？」

　急にこんな展開になって、客間に一人置いてきてしまったひいおばあちゃんが気になった。四葉ちゃんの耳元でたずねたら、ぜーんぜん大丈夫よ、と返ってきた。何事にも動じなそうなひいおばあちゃん、きっと今頃、一人でゆっくりお茶でも飲んでいるんだろうなと想像すると、やっぱりその姿は置物みたいでかわいかった。

広い居間の、大きな座卓に座る。

「この座卓、屋久杉(やくすぎ)の一枚板よ。どれだけの大木だったか想像もつかないよねえ。ご詠歌をやっていた客間の座卓は欅(けやき)ね」

おばあちゃんが言いながら、麦茶を入れてくれた。居間の座卓は三メートル以上の長さがあった。横も二メートルはありそうだ。向こう側に座った四葉ちゃんが遠い。

「百年も二百年も生きてるんだよ。人間には及びもつかないね」

屋久杉のテーブルをなでながら、おばあちゃんがひとりごとのように言う。それから、ふうっと息を吐き出して、

「今日のご詠歌は地蔵和讃だったんだね」

と言った。

「四葉は、あれはどういうことが書かれてあるか知ってる?」

おばあちゃんが四葉ちゃんに聞く。

「うん、なんとなく」

わたしはわからなかった。歌詞は昔の言葉で書いてあってむずかしかったし、声を合わせるのに夢中で歌詞の意味まで深く考えなかった。

「地方によってもいろいろだけど、だいたいはこういうことが書いてあるの」
おばあちゃんはそう前置きしてから、冊子を取り出して内容を読んでくれた。

　これはこの世の話ではありません。あの世の山の裾野にある、賽の河原の物語。聞けば聞くほど哀れな物語です。

　この世に生まれた甲斐もなく親より先に死んでしまった、十歳にもならない幼い子どもたち。宿もなく着る物もなく、雨に降られ雪に凍えて、お父さんが恋しい、お母さんに会いたいと泣いています。

　この世では、先立った我が子を思い、お父さんやお母さんが泣いています。我が子のおもちゃや着物を見ては泣き嘆き、元気な子どもを見れば、なぜ我が子は死んでしまったのかと泣き崩れています。

　死んでしまった幼子たちは、孝行できなかったお父さんのため、お母さんのため、きょうだいのためにと、賽の河原で一生懸命に何度も何度も石を運び、石を積んでいくのです。

　日が暮れる頃になると、地獄から鬼が現れ、幼子たちが積んだ石を見て、こんな見苦しくゆがんでいる塔は功徳にならない、やり直せと言って、鉄の棒で積んでいた石の塔を崩してしまいます。

　幼子たちは恐怖で逃げ回り、鬼に許しを請います。無慈悲な鬼は、父母の苦痛と嘆きは、幼くして死んでしまったお前たちのせいだと言い、幼子たちが泣き叫びながら許し給えと手を合わせると、鬼はどこかに消えてしまいます。

河の流れのなかに、嘆き悲しみ、涙に暮れている父母の姿が見えます。幼子たちが懐かしくて恋しくて這い寄りますと、たちまちその姿は消えてしまいます。幼子たちはそこらじゅうを走り回り、父母の姿を求めますが、どこにもおらず泣きながら石を枕に寝入るのです。吹く風が身に沁みて目を覚ますと、父母恋しさに、泣きながら、どこにいるの、どこにいるの、とさがし歩くのです。

西の谷間から地蔵大菩薩さまがおいでになりました。幼子たちのそばに寄り、なにを嘆くことがあろうか、とおっしゃいます。お前たちは命が短くて、冥土の旅に来ただけだ。娑婆と冥土は大変遠い。いつまでも親を慕っていても娑婆の親には会えない。今日からはわたしを冥土の親だと思いなさい。

地蔵大菩薩さまはそうおっしゃると、幼子たちを御衣の袖やたもとに抱き入れて、まだ歩けない赤ん坊たちは錫杖の柄に取り付かせて、泣いている幼子たちを抱き上げてなでてさすって、助けてくださいました。

「ということが書いてあるの。娑婆っていうのは、この世のことね」

おばあちゃんがそう言って、ご詠歌の紙を屋久杉の座卓の上にしずかに置いた。

むずかしい言葉もあったけれど、だいたいの意味はわかった。とてもとても悲しいことが書いてある。悲しすぎて、涙がにじんだ。

「ひどいっ！　なによ、それ！　なんなのっ！」

美音が泣きじゃくりながら、座卓を叩く。

「ひどいひどいひどいっ！　好きで死んだわけじゃないのに、なんでそんな目に遭わなきゃいけないの！　ひどいよう！」

そう言って、わあああ、と泣き崩れた。わたしもつられて泣いてしまった。死んでしまった子どもたちが、あまりにかわいそうで泣かずにはいられなかった。

「そうね、あんまりだとわたしも思ったわ。最初聞いたときは、子どもたちが憐れで憐れで泣いちゃったもの」

おばあちゃんが言う。

「でもね、『親の嘆きは汝らの苦患を受くる種となる』っていう詞があるの。この世でお父さんとお母さんがあまりに嘆き悲しんでいるから、それがあの世の子どもたちを苦しめてるって書いてあるの。鬼はその悲しみが、子どもの罪になるって言うのよ」

美音が泣きながら、顔を上げる。

「子どもは子どもでお父さんとお母さんが恋しくて会いたい。親も愛しい子どもに会いたい。この世とあの世で、親と子がお互いに嘆き悲しんでずっと泣いているの。でもね、それではいけないよ、ってことだと、わたしは思うの」

美音がしゃくりあげながら、どういうこと、と聞く。

「いつまでも嘆き悲しんでいては、前に進めないでしょ。親がずっと泣いてばかりいたら生きていけないし、あの世の子どもたちだっていつまでも親に会いたい恋しいと強く願っていたら、永遠に石を積んでいなければならなくなってしまう。だから地蔵大菩薩さまが現れて、わたしを親と思いなさい、って言ってくださったのだと思うの。

最後の歌詞のところに、『子を先立てし人々は悲しく思えば西へ行き』とあるでしょ。親もいつまでも泣いていないで、西にいらっしゃる地蔵大菩薩さまに手を合わせなさいって。地蔵大菩薩さまに子どもを託して、前を向きなさいって。そうすれば親も子も心安らかになるって」

わたしは頭のなかで、いろんなことをぐるぐると考えた。おばあちゃんが言った解釈が正しいのかなんてわからなかった。ただただ悲しかった。

「……地蔵大菩薩さまなんて知らないもん。だって、せっかく積んだ石を鬼が壊しちゃうなんてひどいよ」

言いながらまたかわいそうになったのか、美音がしゃくりあげる。

「鬼はいやな役目だけど、子どもたちに気付かせようとしてくれたんじゃないのかしら。いつまでも泣いていたら同じ場所にいなければならないから、早く地蔵大菩薩さまに守ってもらいなさいって。そうすれば、この世の親たちにも気持ちが通じて、お父さんやお母さんも次の段階に行けるかもしれないってね」

おばあちゃんの言うことは、むずかしい。あの世のことはわからないけれど、わたしは、お父さんやお母さんよりも絶対に先に死にたくないと、それだけははっきりと思った。

「……地蔵大菩薩さまって、本当にいるの？」

美音が言う。

「いると思うわ。お地蔵さまは、子どもが大好きだからいつでも守ってくださってるのよ」

「……わかんない。知らないもん」

美音がいやいやをするように首を振る。

おばあちゃんが言った。

「目に見えるものだけがすべてではないからね。人には救いが必要だから」

美音は利央斗くんのことを考えているのだと思った。たった五歳で死んでしまった利央斗くん。利央斗くんが、賽の河原で石を積んでいると想像しただけで、とてつもない悲しみに襲われる。地蔵大菩薩さまが本当にいるならば、どうかどうか利央斗くんをお守りくださいと心から願う。

四葉ちゃんはなにも言わないで、黙って話を聞いていた。美音のことが心配でならないようだった。

しばらくしてから、わたしたちは四葉ちゃんの部屋に行った。四葉ちゃんの明るい部屋で、美音が泣き止むのを待った。

「……わたしね、利央斗がいなくなる前に、利央斗なんていなければいいって思ったんだ」

美音が口を開いた。四葉ちゃんは利央斗くんのことを知らないと思うけれど、すべてを承知しているみたいに、ゆっくりとうなずいた。

「お母さんに、学校で必要だった分度器とコンパスを買っておいてって頼んだのに、利央斗の世話ですっかり忘れてたの。遊びに行く約束も、利央斗のせいで何度もキャンセルされた。だからわたし、利央斗なんていなくなっちゃえばいいって思ったの。利央斗が寝てるときに、そう言ってやったの。利央斗なんていなくなれって」

そう言って、美音はまた泣き出した。わたしはなんと言っていいのか、なんて言葉をかけたらいいのかまったくわからなかった。美音が利央斗くんのことをそんなふうに思っていたことも知らなかった。かわいがっていた印象しかなかった。

ふいに利央斗くんのお葬式のことを思い出した。泣かなかった美音。ただ泣いていた自分。わたしの涙はインチキだと自覚したあのとき。

きっと、家族にしかわからないたくさんの感情があったに違いないのだ。

「……利央斗は手も足も動かないんだよ。賽の河原で石を積むなんてできないんだよ。住むところもなくて着る物もなくて、泣きながら動かない手足で石を積んでるの？　それを鬼が来てめちゃくちゃにしちゃうの？　ひどいよ……。かわいそう……。かわいそうだよ……」

美音の涙は止まらない。美音の気持ちを思うと、わたしもまた涙があふれてきた。

「利央斗はわたしのせいで死んじゃったんだよ……。それなのに……お父さんとお母さんに会いたくて泣いてるんでしょ……。かわいそう、どうしよう、かわいそうだよう……

…」

美音の気持ちが切なくて悲しいし、自分の意思ではないのに五歳で死んでしまった利央斗くんが悲しかった。ご詠歌の歌詞が本当だったとしたら、こんなにひどい話はない。

「さっきおばあちゃんが、お父さんやお母さんが悲しんでるから、利央斗も恋しく思うって言ってたけど、そんなの当たり前だよ。お父さんもお母さんもお姉ちゃんも、利央斗が死んじゃってみんな悲しんでるんだよ。大好きだったんだもん。悲しいに決まってるよ」

わたしも美音と同じように思った。もしわたしが死んでしまったら、お父さんもお母さんもお兄ちゃんも、とても悲しむと思う。前に進むことなんて、簡単にはできないと思うし、絶対に忘れてほしくない。

「わたしがあんなこと言ったから、利央斗が死んじゃったんだよう……」

美音が泣きながら言う。

「美音ちゃんのせいじゃないよ。美音ちゃんのせいじゃない」

四葉ちゃんが言った。

「利央斗くんて、美音ちゃんの弟なんだよね。うん、大丈夫だよ。利央斗くん、美音ちゃんのこと大好きだよ。ちゃんとわかってるから」

四葉ちゃんの言葉に、美音が顔を上げる。美音は四葉ちゃんを、きっ、と強くにらんだ。

「知りもしないくせに勝手なこと言わないでよ。四葉ちゃんは、利央斗のこと知らないじゃない。なんで大丈夫とか言うの？　わたし、そういう適当ななぐさめって大っ嫌い！　四葉ちゃんは、あの世に行って利央斗に会ったの？　死んじゃった利央斗がわたしのことをどう思っているかなんてわからないじゃない！　なにが大丈夫よ！　ばかみたい！　うそつき！」

「ちょっと、美音……」

いくらなんでも言い過ぎだと思った。四葉ちゃんは美音のことを思って、言ってくれたのだ。

「なによ、なによ、なによおーっ！」

美音は叫ぶように言って、来なければよかった、とつぶやいた。わたしは大きく息を吐いた。もう帰ったほうがいい。これ以上いても四葉ちゃんを傷つけるだけだと思ったし、余計なことを言ってしまう美音はきっともっと傷つくだろう。

「帰ろう」

と言おうとしたとき、四葉ちゃんがいきなり立ち上がった。

「来てほしいところがあるの」

「え？」

「二人ともわたしについてきて」

いつもとは違う四葉ちゃんの様子に驚いた。ものすごく真剣な表情だった。四葉ちゃんが部屋を出て、すたすたと歩いていく。

わたしは美音の手を取った。ひどいことを言ってしまったという自覚があるのか、美音は無言のまま、逆らわずにおとなしくついてきた。四葉ちゃんが靴を履く。外に出るらしい。

「どこに行くの？」

「蔵よ」

四葉ちゃんは、わたしたちを強い視線で見据えて言った。

わたしはお父さんから聞いた話を思い出していた。幽霊屋敷と言われたゆえんの蔵。子ども時代、お父さんの友達が、亡くなったお母さんに会ったという蔵。

鼓動が速まる。なにかとてつもないことが起こってしまうのではないかという予感があった。

外は雨が降り続いていた。自分たちの声が聞こえないくらい、ザーザーザーと雨音が強く立っている。わたしたちはそれぞれ傘をさして、四葉ちゃんのあとについていった。

蔵の白壁は、雨に濡れてあざやかに際立っていた。妙に生々しくて、この蔵だけが別世界から運び込まれたもののようだった。

四葉ちゃんが傘をたたみ、閂を外して扉に手をかける。観音開きの扉はかなり重いようで、わたしたちも傘をたたんで手伝った。ぐぐぐっ、と音がして右側の扉が開いた。四葉ちゃんがなにか言ったけれど、雨の音で聞き取れなかった。ん？　と言って顔を突き出すと、

「普段あんまり開けることはないの」

と、わたしの耳に顔を近づけて言った。促されてなかに入る。四葉ちゃんが内側から扉を閉めた。また、ぐぐぐっ、と音がした。蔵自体が生きていて、音を鳴らしているかのような錯覚を覚える。

蔵のなかはひんやりと気持ちよかった。温度は外とあまり変わらないようだけれど、湿度が低い気がした。梅雨に入って感じていた、肌がべたつくような感覚はない。

物はほとんど置いてなくて、がらんとした空間だった。雨で外はいつもより薄暗かったけれど、それでも外からの光が蔵の明かり取りのガラス越しに入ってきて、ちょうどいい明るさになっていた。眠ってもいいし、本を読んでもよさそうな光の加減だ。

蔵の奥に木の階段があって、二階に続いているようだった。

「やっぱりお宝はないんだね」

わたしはわざとそう言って、おどけた。

「なかにあったものは、ずいぶん昔にみんな処分しちゃったみたい」

四葉ちゃんが言う。

「……こんなところに連れてきてなによ」

美音が言った。もう泣いてはいなかったけれど、さっきの怒りの続きなのか、言い過ぎたことへの照れ隠しなのか、突っかかった言い方だった。

「ここに座って」

四葉ちゃんが、階段を指さす。

「こんなほこりっぽいところに座るのいやだ」

美音が言い、わたしは「ぜんぜんほこりっぽくないよ」とかぶせるように言って、美音の目をじっと見つめた。

「いいかげんにしなよ」

と、心のなかで言いながら、それが伝わるといいなと思って見つめた。美音は唇をきゅっと結んで、視線をそらした。どうやら伝わったらしい。

美音が四段目に座り、わたしは三段目に座った。

「目をつぶってくれる？」

四葉ちゃんの言葉に、すかさず美音が、なんで？ と聞き返したけれど、「み・お・ん」と真剣な声色で名前を呼んだら、首をすくめた。

美音が目をつぶったのを確認してから、わたしも目を閉じた。まぶたの裏側の暗闇を見つめていると、おたまじゃくしみたいなものが上下に行き来していた。わたしはおたまじゃくしを追いながら、今見えているこれはいったいなんなんだろうな、と思っていた。目をつぶっているから、このおたまじゃくしは視覚とは関係ないはずだ。前に授業中に目を閉じていたときも、赤や黄色が見えた。いったいまぶたのなかって、どうなっているのだろう。

「大きく息を吸って、ゆっくり息を吐いてみて」

四葉ちゃんの声はなんだかとっても気持ちがよくて、乾いた土に水が染み込んでいくように、じんわりと心に入り込んでいった。大きく息を吸って、ゆっくりと吐く。心と身体がだんだん落ち着いていく感じがした。

「今会いたい人を頭のなかに思い描いてみて。誰でもいいよ。会いたくても会えない人。話したくても話せない人」

四葉ちゃんが呪文(じゅもん)を唱えるみたいに言う。わたしはすぐに思い浮かばなかった。ただ、美音が利央斗くんのことを考えているといいなあと思っていた。

それからどのくらい経ったのだろう。おたまじゃくしのこともわからなくなり、いつしかわたしは空にふわふわ浮いているような心持ちになっていた。

「美音ちゃん。遼子ちゃん。ゆっくりと目を開けてみて」

四葉ちゃんの声がした。わたしはまだ目を閉じていたかったけれど、ゆっくりとしずかにまぶたを持ち上げた。美音も同じようにするのがわかった。

「ちょっとだけ目線を上げてみて」

言われて、その通りにしてみた。階段の前の空間。その天井付近に霧がかかっていた。もやもやと白い煙みたいなものが漂っている。さっきまでなにもない空間だったのに、どうして……？

頭のなかが恐怖でいっぱいになる。あの白い煙が、今にも人の形になりそうで、怖くて目をそらしたいのに、なぜか見つめてしまうのだ。怖い。なにがはじまるというのだろう。怖い怖い怖い。今にも叫び出しそうになった瞬間、どこからか風が吹いた。漂っていた霧のような白い煙がさーっと流される。

突然、すさまじいほどの明るい光が降り注ぎ、わたしは思わず目をつぶった。まぶしくて目を開けていられない。いったいなにが起こっているのだろう。身体の内側が徐々にあたたかくなっていく。そのうちに、身体がふわっと軽くなった。自分の輪郭が空気に溶け出して、肉体の形がなくなっていくような不思議な感じだ。

恐る恐る目を開けると、わたしは黄色い輝きのただなかにいた。眼下に、さっき座っていた階段が見える。足下を見ると、そこは空中だった。驚いたことに、わたしは空に浮いているのだった。

あたりを見ると、美音も四葉ちゃんも同じ場所にいた。四葉ちゃんが、わたしを見てにっこりと微笑む。美音はぽかんとした顔できょろきょろしていた。そのとき光が一段とまぶしくなった。思わず手をかざす。

美音が叫んだ。見れば、目の前に利央斗くんがいる。わたしは喉が詰まったようになって、声が出ない。利央斗くんは死んだのではなかったか。二年前に亡くなり、わたしはお葬式に参列したのではなかったか。では、ここにいる利央斗くんは誰なのだ？　幽霊なのか？

「だあ」

利央斗くんが声を発した。ひいっ。悲鳴をあげるすんでのところで、四葉ちゃんが、

「大丈夫。大丈夫だから心配しないで」

とささやくように言い、わたしの手を取った。その瞬間、不思議なことにすっと緊張は解け、恐怖心が消えていった。四葉ちゃんがわたしの目を見てうなずく。

この状況がありえないということは頭ではわかっている。わたしたちは空中にいて、そして目の前には二年前に死んだはずの利央斗くんがいるのだ。

「利央斗！」

美音が利央斗くんにかけ寄り、抱きしめた。

「利央斗、利央斗、利央斗！」

何度も名前を呼びながら、美音が利央斗くんを膝の上にぎゅううっと抱え込む。

「どこにいたの、利央斗！　会いたかったよー」

涙ぐみながら叫ぶように言う。利央斗くんは、だーだ、だーだ、と声を出し、にこに

こと笑っていた。だーだ、というのは美音のことだ。利央斗くんは、だーだ、しか話せないけれど、今のだーだ、は美音のことだとわかる。

「利央斗お」

美音はわーん、と声をあげて泣きながら、利央斗くんを強く抱きしめた。利央斗くんは、だーだ、だーだ、とうれしそうだ。

美音と利央斗くんを見つめながら、わたしは、ああそうか、と思った。美音が、利央斗くんを怖がるわけがないのだ。美音がずっと会いたかったに違いない、大好きな弟の利央斗くん。たとえ、ここにいる利央斗くんが幽霊だってお化けだって、美音は利央斗くんに会いたかったのだ。利央斗くんを怖がったわたしは、もしかしたらとてもいやな人間なのかもしれない。

「そんなことないよ、遼子ちゃん」

四葉ちゃんは、わたしが考えていたことがわかったみたいにそう言って、また手を握ってくれた。

「美音ちゃんの弟、かわいいね」

四葉ちゃんに言われて、うなずいた。わたしはゆっくりと利央斗くんのそばに行って、

「利央斗くん、こんにちは」

と声をかけた。さっきまでの恐怖心はすっかり消えていた。

利央斗くんがわたしを見て、だー、と言った。変わらずかわいい利央斗くん。ここに

いる利央斗くんがなんであれ、こうしてまた会えたことがうれしいと、素直な気持ちで思えた。

「はじめまして、利央斗くん」

四葉ちゃんが言うと、利央斗くんはわたしのときとは違う、だー、で挨拶を返した。

「ねえ利央斗、今どこにいるの？　怖いところにいるの？　鬼がいるの？」

美音が利央斗くんにたずねた。利央斗くんは美音の顔をじっと見つめてから、だあ、と笑った。

――怖いところになんかいないよ。鬼もいないよ。きらきらしてて明るくて、とっても気持ちいいところにいるんだよ――

利央斗くんの声が、耳からではなく直接心に届いた。目の前の利央斗くんは、だーだーとおしゃべりしているだけなのに、わたしたちには利央斗くんの声が、同時にすっかり全部理解できたのだった。

頭のどこか片隅ではなんで？　と感じている自分がいたけれど、おかしいだなんて、ちっとも思わなかった。これで正解なのだという、確固とした思いが、わたしの身体中をかけめぐっていた。

「わたし、利央斗のことが大好きなのに、利央斗なんていなくなればいい、ってほんの一瞬思っちゃったの。すぐに心のなかで取り消したんだけどだめだった。わたしがそんなふうに思って、そう口に出したから、利央斗は死んじゃったんでしょ？　わたしのせいだよね……。わたしが利央斗を死なせちゃったんだよね。ごめんね、利央斗。本当にごめんね……」

美音の声が涙で震えている。

──お姉ちゃんのせいじゃないよ。天国から呼ばれたんだよ。ぼく最初からわかってたの。丈夫じゃないから長くは生きられないって。でも、お父さんやお母さん、お姉ちゃんたちに会いたかったから生まれてきたんだよ。ぼく、お姉ちゃんの弟になれて本当にうれしかった。お姉ちゃんはいつもぼくにやさしくしてくれたよ。どうもありがとう。お姉ちゃん、大好き──

「……利央斗」

美音の涙が伝染して、目の前がにじんでいく。

「ごめんね、ごめんね、利央斗。どうもありがとう……」

「だーだ、だー」

もう謝らないでよう、と利央斗くんが言っている。美音が利央斗くんをきつく抱きしめると、利央斗くんはくすぐったそうに身をよじった。

「利央斗。お父さんもお母さんもお姉ちゃんも、利央斗がいなくなってから元気ないよ。みんな、利央斗がいなくてさみしくて、思い出すと泣いちゃうの」

──うん、ぼく知ってるよ。みんなが泣いてるのが見えるもの。ぼくのせいで、みんなが悲しんでいて、とってもかわいそうで、ぼくも悲しくなっちゃうよ。ぼくは大丈夫だから、もう泣かないで。ぼく、なにもしてあげられないから、つらいよ――

「お母さん、利央斗が死んじゃってから、毎日泣いてるの。ご飯も作れない日があるんだよ。そういうときは、お父さんが焼きそばを作ってくれるんだ」

――お父さんの焼きそば、おいしかったなあ。また食べたいな――

利央斗くんの言葉に、美音は少し考えるような仕草をして、わかった、と言った。

「利央斗の仏壇にお供えするよ。お父さんの作った焼きそば。そしたら、利央斗も食べられる？」

――うん、ありがとう。お姉ちゃん――

「利央斗はお母さんとお父さんに会えなくて、さみしい？」

美音が今にも泣きそうな顔で、利央斗くんに聞く。

――さみしくないよ！　ぼく、天国からちゃんと見てるから。それは会ってることと同じなの。だから、なんにもさみしくないんだよ。ぼくが悲しいのは、みんなが泣いてること。そういうのを見ると、ぼくも悲しくて涙が出てきちゃう――

「……だって、みんな利央斗が死んじゃって、悲しいんだもん。どうしたらいいのかわからないよ」

――もう泣かないで。悲しまないで。いつも笑ってて。家族みんな仲よく笑ってて。お姉ちゃん、みんなにそう伝えて。そうすればぼくはもっとしあわせでいられるんだ――

利央斗くんの声が胸に深く伝わる。わたしはさっき、四葉ちゃんのおばあちゃんが教えてくれた地蔵和讃の歌詞の意味を思い出していた。いつまでも嘆き悲しんでいたら、前に進めなくなってしまう。

「うん、わかったよ、利央斗。お父さんとお母さんとお姉ちゃんに、ちゃんと伝えるよ。わたし、利央斗がしあわせでなくちゃいやだ。利央斗がたのしい気持ちでいないといやだもん」

美音の言葉に、利央斗くんはうれしそうに、だあだあ、と笑った。

美音と利央斗くんは、親猫と仔猫みたいだった。利央斗くんは美音の腕のなかで気持ちよさそうにくつろぎ、美音は少しだって離したりしなかった。

二人を見ていたら、ふいに、山あいを流れる川の風景が心に浮かんだ。きれいで清らかで、余計なものを全部流してくれる小川。最後に残るのは、あたたかでやさしい、美しいものだけだ。

心にわだかまりを持ったまま、利央斗くんとお別れしなくてはいけなかった美音。さぞかし辛かったことだろう。二年間もずっと心のなかで後悔して、悲しんで過ごしていたのだ。

「美音ちゃん、利央斗くん、遼子ちゃん」

四葉ちゃんがわたしたちを呼んだ。

「ねえ、みんなでお手玉で遊ばない？」

それまでしずかに様子を見守っていた四葉ちゃんが言って、ポケットからお手玉を取り出した。

「わたし、お手玉が得意なの」

そう言いながら、四葉ちゃんがお手玉を上手に操る。片手で二つのお手玉を回したり、両手で三つのお手玉を器用に飛ばして受け取ったりする。

「すごい！　四葉ちゃん、上手！」

四葉ちゃんが利央斗くんの手にお手玉を握らせてあげると、利央斗くんは手足を動かして喜びを表現した。

四葉ちゃんは、ポケットから次々とお手玉を取り出した。ドラえもんのポケットみたいだ。お手玉を貸してもらってひさしぶりにやってみたけれど、わたしは両手で二つのお手玉を交互に投げるのが精一杯だった。片手でやると、すぐにへんな方向に飛んで行ってしまう。

そういえば、と思い出した。小学校に入学するときに、お祝いにと言っておばあちゃんがお手玉を作ってくれたことがあった。かわいい端切れを買ってきて縫い合わせて、なかに小豆(あずき)を入れてくれた。

うれしくて当時は毎日練習していたけれど、なかなかうまくならなくて、いつのまにか触らなくなり、いつしか忘れてしまっていた。あのお手玉、どこにやったのだろう。引き出しの奥にあるだろうか。帰ったらさがしてみようと思いつつ、わたしはおばあちゃんにとても申し訳ない気持ちになった。せっかく作ってくれたのに、お手玉のことなんてすっかり忘れていた。ひどい孫だ。

利央斗くんはお手玉の感触がたのしいみたいで、美音が利央斗くんの頬にくっつけると、だあだあ、とうれしそうに声をあげた。小豆が動いて布にこすれる音も好きらしく、美音が鳴らす音を集中して聞いていた。

「四葉ちゃん、片手でやる二つのお手玉のやり方教えてくれる？」

「うん、いいよ」

お手玉を覚えて、今度おばあちゃんのお見舞いに行ったときに披露したいと思った。きっと喜んでくれるはず。

四葉ちゃんの前でやってみたけれど、一回もできなかった。

「遼子ちゃん、手を放すのがちょっと遅いのかも。もう少し早めに手のなかにあるお手玉を投げたらいいよ。ひとつを手放したらすぐにもうひとつも上にあげるの」

四葉ちゃんがアドバイスをしてくれる。確かにお手玉が落ちてきたときに、手のなかのもうひとつのお手玉をあげても遅いのだ。わかっているけど、なかなかできない。

「利央斗が、がんばって、だって」

美音が利央斗くんの手を取って言う。利央斗くんがこっちを見ている。よしっ、気合いだ。

「できたっ！」

二周しただけだったけれど、片手で二つ操れた。

「そうそう、その調子」

美音が利央斗くんの小さな手のひらに自分の手のひらを重ねて、拍手を送ってくれた。

もう一度チャレンジ。また二周できた。もう一回やろうとしたところで、誰かにぽんと肩を叩かれた。

「遼子ちゃん。お手玉はまっすぐに上に投げるんだよ」

聞き覚えのある声。振り向いた瞬間、心臓が止まりそうになった。

「おばあちゃん！」

そこにいたのはおばあちゃんだった。入院しているはずのおばあちゃんがいたのだ。

「来てくれたの！　病院はいいの？」

おばあちゃんは、うんうん、と笑顔でうなずいている。首も下がっていないし、身体も揺れていない。元気な頃のおばあちゃんだ。

なにも怖くなかった。おばあちゃんは入院しているとはいえ、ちゃんと生きているのだから、ここにいるおばあちゃんは幽霊ではない。だけどもしおばあちゃんが幽霊だとしても、わたしはちっともかまわなかった。おばあちゃんが大好きだから、それだけで充分だ。

「お手玉はこうやってやるんだよ」

おばあちゃんはそう言って、お手玉三つを手に取った。見れば、四葉ちゃんのお手玉ではなく、それはおばあちゃんがわたしのために作ってくれた、見覚えのあるお手玉だった。おばあちゃんは、お手玉を両手に持って、器用に操りはじめた。

一番はじめは一宮
二は日光の東照宮
三は佐倉の宗五郎
四はまた信濃の善光寺
五つは出雲の大社
六つ村々鎮守さま
七つは成田の不動さま
八つは八幡の八幡宮
九つ高野の弘法さま
十で東京心願寺

数え歌。小さい頃、聞いた記憶がある。おばあちゃんの歌声は、普段話すときの声とは違って一オクターブぐらい高くなって、耳に気持ちいい。

「ひさしぶりにやったけど、案外覚えてるもんだねえ」

そうだ、おばあちゃんはお手玉の名手だった。

「おや、利央斗くん。達者だったかい。お手玉うれしいねえ」

だあだあ、とたのしそうに身体を揺する利央斗くんを見て、おばあちゃんが言う。おばあちゃんは、いつも利央斗くんのことを気にしていた。かわいい子だ、この子は神様からの贈り物だと言って。

「さあ、もういっぺんやってみようかね」

おばあちゃんがお手玉を宙に投げて、数え歌を歌いはじめる。おばあちゃんの声に合わせて、わたしも一緒に歌った。四葉ちゃんも美音も、利央斗くんも歌った。

お手玉は思うようにできなかったけれど、おばあちゃんが手を取って教えてくれた。やさしくてあったかい、昔からよく知っているおばあちゃんの手だ。

みんなで輪になって歌いながら、お手玉を放った。ものすごくたのしかった。小豆のしゃんしゃんという音が心地よくて、わたしたちは何度も繰り返しお手玉を飛ばして、数え歌を歌った。

「はあー、たのしかったねえ。子ども時分にかえったみたいだったよ」

おばあちゃんの頰は上気していて、ほんのり赤かった。

「遼子ちゃんはいい子だねえ」

おばあちゃんがわたしの頭をなでる。

「利央斗くんもいい子。美音ちゃんもいい子。四葉ちゃんもいい子だねえ」

おばあちゃんが、やさしい口調で言う。わたしも、美音も四葉ちゃんも利央斗くんも、自分はいい子なんだって、ちゃんと心に刻むことができる言い方だった。

「遼子ちゃん」

おばあちゃんが真面目な顔で、わたしと向き合った。

「あたしの身体がきかなくなってしまって、ごめんねえ。みんなに迷惑かけて申し訳ないと思ってるよ。遼子ちゃんのお母さん、やさしいから、本当に悪くってねえ」

わたしはなんとも言いようがなかった。

「遼子ちゃん、いつも病院にお見舞いに来てくれてありがとうね。遼子ちゃんが来てくれて、とてもうれしく思ってるのよ」

「……でも、おばあちゃんはわたしのこと、わからないんだよ。お兄ちゃんのことはわかるのに……」

「やあねえ、あたしもすっかりぼけちゃって……。遼子ちゃん、いやな思いさせてごめんね。でも、ちゃあんとわかってるんだよ。遼子ちゃんのことは、ちゃんとわかってるの」

「ほんと？」

「うん、本当だよ。遼子ちゃんのおしゃべりはちゃんと届いているよ。ほら、こないだは学校のことを話してくれたでしょ」

「うん、同じクラスのよっちんのことを話したよ」

「全部ちゃんとわかってるの」

「そうなんだ！　なら、よかったあ！」

わたしはすごくうれしかった。

「浩くん、こないだ来てくれたねえ。ひさしぶりだったから、うれしかったよ」

わたしは小さくうなずいた。やっぱり、まだ心のどこかではお兄ちゃんにやきもちを焼いている自分がいた。

「浩くんね。あの子は小さい頃、身体が弱くてねえ。そりゃあもう心配したのよ。氏神さまにお百度参りに行ってね。丈夫になりますように、ってね」

「そうだったの？」

はじめて聞く話だった。お兄ちゃんが身体が弱かったことも、おばあちゃんがお百度参りをしたことも。

「だから大きくなった今でも、心配しちゃうんだよ。学校や友達のことで忙しそうだから、身体壊さないかってねえ」

そうか、だからお兄ちゃんのことは、覚えていたのかもしれない。きっと、よっぽど心配だったのだろう。

「お兄ちゃんね、映画作ってるんだよ。こないだわたしも出演したんだよ」

人間になりそこなったモグラの役だということは言わなかった。

「あら、そうなの。すてきだねえ。浩くんは小さい頃から映画が好きだったからね。せがまれて連れていってあげたことが何度かあったねえ」

「そうなんだね」

「たのしそうでなにより。浩くんにもよろしく伝えておいてね。浩くんもいい子だよって」

お兄ちゃんがいい子だなんて！　とおかしくなって、わたしは笑った。

「そろそろ行かなくちゃねえ。あんまり長いことはいられないからねえ」

おばあちゃんが自分に言い聞かせるように言う。

「もう行っちゃうの？」

おばあちゃんはにっこり笑って、うなずいた。

「ねえ、おばあちゃん、また会える？　また遊べる？」

「いつだって会えるし、いつだって遊べるよ。おばあちゃんは、遼子ちゃんと遊んでいるときが、いちばん好きなんだから」

そう言った次の瞬間、おばあちゃんは、ふうっと消えてしまった。

「……おばあちゃん」

もっと遊んでいたかったけれど、さみしいのとは違った。ただただ胸がじんわり熱くて、涙がこぼれた。おばあちゃんと話ができて、一緒に遊べて、心からうれしかったのだ。

「だーだーだあー」

――お姉ちゃん、どうもありがとう――

利央斗くんだ。

「やだ、行かないで。わたし、利央斗とずっと一緒にいたいよ」

――ぼくはずっとお姉ちゃんと一緒にいるよ。お姉ちゃんが会いたいときに、いつでも会えるよ。お父さんとお母さんと大きいお姉ちゃんにも、ぼくはいつでも会えるんだよ。みんなになんにも心配しないでね、って伝えてね。ぼくは毎日笑ってるからね。みんなが笑ってるのが、ぼくのいちばんのしあわせなの。みんなが笑うと、ぼくはもっともっとしあわせになるんだよ。お姉ちゃん、大好き――

そう言って、利央斗くんも、ふうっ、と消えてしまった。

「利央斗！　利央斗！　利央斗！」

美音が声を限りに叫ぶ。

「利央斗、ありがとう！　会えてうれしかった。どうもありがとう！　大好きだよ、利央斗！　利央斗お！」

美音の最後の声が耳に届き、ふっとまわりを見ると、そこはさっき座っていた蔵の階段だった。

自分も景色もぼんやりとしていた。茫洋（ぼうよう）とした草原のなかにいるような感じだった。わたしははっきりしない感覚のまま、目の前の空間を見た。そこには霧もなかったし、光もなかった。ただなにもない、当たり前の空間があるだけだった。

今の、この感覚をなんというのだろう。確かに今のことは、実際にあった出来事だ。おばあちゃんがわたしの頭をなでてくれた手の感触は残っているし、わたしの手を取ってお手玉を教えてくれたときの体温もまだ新しい。

おばあちゃんは、元気な頃のおばあちゃんだった。おばあちゃんはいつだって、遼子ちゃんはいい子だねえ、と言って、やさしくわたしの頭をなでてくれたし、お裁縫や野菜の皮むきを教えてくれるときは、おばあちゃんのまあるい手がそっとわたしの手を包んでくれた。さっきの手は、わたしの知っているおばあちゃんのまんまの手だった。

だから、今の出来事は絶対にあったことなのだ。けれど、不思議なことに現実ではないという感覚も同時にある。だって、入院しているおばあちゃんが、ここに来られるわけがないのだから。そしてあんなふうにお手玉遊びをして、数え歌を歌うなんて、今の病状では考えられないことだ。

利央斗くんだってそうだ。利央斗くんは二年前に亡くなっている。お葬式にも行ったし、お骨になったのも知っている。だからそれはもう、絶対に変えられない事実だ。それなのにさっき利央斗くんは、生きていたときのままの姿で、美音の前に現れた。わたしもよく知っている、正真正銘のかわいい利央斗くんだった。

わたしと美音は放心状態で、顔を見合わせた。いったいなにが起こったというのだろうか。

「四葉ちゃん……」

すがるように四葉ちゃんを見た。四葉ちゃんはゆっくりとひとつうなずいた。

「ここは特別な場所なの」

そう言って、階段の前の空間を指さした。

「会いたいと思った人に会える場所なの」

「どういうこと？」

美音がたずねる。

「わたしにもよくわからないんだけど、いろんな条件が重なって、どこか他の場所とつながっている空間なんだと思う。昔からそういう場所なの。会いたい人がいて、その人も会いたいと思ってくれたら会えるの」

わたしはあやふやにうなずいた。四葉ちゃんの言うことを理解するなんて、とうてい無理だった。

「ねえ、四葉ちゃん。わたし、さっき本当に利央斗に会ったよ。あの頃の利央斗のままだったよ。会えてとってもうれしかった。ご詠歌に書いてあることが本当だったらどうしようって、ものすごく心配で悲しくて怖かったけど、利央斗が今、気持ちいい場所にいるってことがわかってよかった。本当によかった。とっても安心したよ。本当によかった……」

美音の最後のほうの言葉が少し震えていた。

「わたしも、元気そうなおばあちゃんに会えて、本当にうれしかった」

続けてわたしも言った。

「ありがとう、四葉ちゃん。本当にどうもありがとう」

美音が言い、わたしも心からお礼を言った。

蔵を出ると、慣れ親しんだいつもの空気が、全身をやさしく包み込んだ。雨足は弱まっていた。遠くの東の空が明るい。夕方には雨があがりそうだ。わたしは腕を伸ばして大きく深呼吸をした。

四葉ちゃんの部屋に行って、三人でいろんな話をした。利央斗くんのこと。おばあちゃんのこと。こないだ行ったお兄ちゃんの高校の文化祭のこと。よっちんのこと。桐子のこと。柊介のこと。話題は尽きなくて、わたしたちは声がかれるまでしゃべった。気持ちが晴れ晴れとして、おおげさだけど、新しい自分に生まれ変わったような気分だった。

帰る頃には、雨があがっていた。灰色の雲の隙間から、きれいな水色の空が見えた。

「あー、やっぱりわたし、長靴とは相性が悪いなあ」

美音が言う。雨が降っていないのに長靴を履いて帰るのはいやみたいだ。

「地面がぬかるんでるから、長靴のほうがいいよ。水たまりにも入れるし」

わたしが言うと、美音は、まったくガキだねえ、とばかにしたように笑った。

「だってさ、もし帰り道で誰かに会ったらどうするのよ。例えば好きな人とかさ。そのときにこんなダサい長靴履いてたらはずかしいじゃない」

そんなこと、考えたこともなかった。美音は、お母さんがよく言うところの、おませさんだ。

「じゃあ、帰り道、柊介くんに会わないといいね」

四葉ちゃんが言って、わたしと顔を見合わせてから申し合わせたように、「ねー！」と声をそろえた。

「なっ、なんで柊介が出てくるのよっ」

美音の顔が赤い。とっくにバレているのに、絶対に柊介を好きだということを言わない美音。黒板にまで書いたくせに、本当に素直じゃない。

「四葉ちゃん。今日はどうもありがとう。ひいおばあちゃんにもよろしく伝えておいてね」

ご詠歌を教えてくれたひいおばあちゃんは、すでに横になって休んでいるらしかった。

「四葉ちゃん。本当に本当にどうもありがとう。わたし、なんだかすっきりした。前に四葉ちゃんが、美音ちゃんは大丈夫だよ、って言ってくれたでしょ？　まさにそんな感じなの。わたしは大丈夫なんだって、自分でわかるの。わたしは、これからもずっと大丈夫なんだって」

美音の言葉に、四葉ちゃんはうんうんとうなずいた。

「また来てね。今度はゆっくりご詠歌やろうね」

「うん！」

「じゃあね」

わたしと美音は大きく手を振って、四葉ちゃんちをあとにした。

くらの出来事

そこは　不思議な空間
会いたい人に会える　特別な場所
美音は　利央斗くんに会った
わたしは　おばあちゃんに　会った
うそではなくて　わたしたちは　本当に会ったのだ
天国にいる　利央斗くん
入院している　おばあちゃん
気持ちは　みんなつながっていて　時間も場所も　関係ないのだ
だれかのことを　強く思っていれば　気持ちは通じる
わたしたちのまわりには　いろんな世界が　広がっている

大好きなおばあちゃん

くらのなかで　おばあちゃんに　会った
おばあちゃんは　やさしい声と　あたたかい手で
わたしに　お手玉を　教えてくれた
おばあちゃんが　わたしのために　作ってくれた　お手玉
おばあちゃんは　数え歌をうたいながら　お手玉を放って
まあるい手のひらで　受け止めた
お手玉は　きれいな　こを　えがいて　ちゅうをまった
病院にいる　おばあちゃんは　わたしのことが　わからないけれど
それはきっと　仮のおばあちゃん
おばあちゃんの心は　病気になったって　ずっとずっと　変わらない
大好きな　おばあちゃん
いつも　どうもありがとう

梅雨が明けて、夏がやって来た。もうすぐ夏休みだ。気温は三十度を軽く超えて、ランドセルを背負っている背中が、べったりと汗ばむ日が続いている。

騒がしい夏休みが終わったら、季節はもう秋だ。半袖から長袖になって、空が高くなって、通学路沿いにあるイチョウの木が銀杏を落としはじめて、靴の裏がくさくなる。空気につめたいものを感じはじめたら、今度はあっという間に冬がやってくる。クリスマスが来てお正月が来て、寒い朝の日陰には霜が降りる。手袋のなかのかじかんだ指先が少しずつ元気に動き出して、植物が芽を出し外の匂いがやさしくなったら、次は春の到来だ。四月になったら、わたしは六年生になる。

「おはよう！」

汗を拭いていると、美音が元気よく教室に入ってきた。ランドセルを机に置いたその足で、ファッション雑誌を読んでいる真帆と桐子のそばに行って、一緒にページをめくっている。学校に雑誌を持ってきちゃいけないんだけど、まあいいか。

美音は、真帆や桐子たちと仲よくなった。真帆たちだけでなく、よっちんともゆんことも、たのしそうにしゃべっている。ずっと気にしていた、クラスのなかの立ち位置なんて、どうでもよくなったみたいだ。

リーダーシップがあって、みんなを引っ張る力のある美音が変わると、クラスもそれまでとはちょっと変わってきた。前よりもみんなが、もっとうんとたのしそうになったのだ。笑い声が絶えなくて、男子も女子もみんな仲よしだ。

美音は瞬く間に、クラスの中心人物となったのだった。思惑とは違ったかもしれないけれど、図らずも美音が望んでいた通りになった。そして、美音はダンススクールに通いはじめた。お兄ちゃんの高校の文化祭で見たダンスが、よっぽど気に入ったらしかった。

　文化祭で観た、お兄ちゃんたちが作った映画。あのときは、ひどい映画だと心底思ったけれど、蔵でおばあちゃんや利央斗くんに会ってからは、ちょっと考え方が変わった。もしかしたら、冥王星からの使者もいるかもしれないと思いはじめたのだ。だって、この世にいない利央斗くんや、入院しているはずのおばあちゃんが、元気な姿でわたしの前に現れてくれたのだから。もしかしたら、時空は自由に行き来できて、冥王星の石ころ生命体Xだって実在するのかもしれない。

　蔵に行ってから二回ほど、おばあちゃんのお見舞いに行った。おばあちゃんは、ますます病状が進んでいるようで、わたしのこともお兄ちゃんのこともわからなかった。会話もお母さんとしかしたくないようで、わたしが話しかけてもつまらなそうな顔でそっぽを向かれてしまった。

　でもわたしは、前みたいにさみしくなったり、つまらない気持ちになったりしなかった。本当のおばあちゃんはちゃんと全部わかっていて、わたしのことや家族のことが大好きで、いつだってやさしいままのおばあちゃんなのだ。今のおばあちゃんは、かりそめのおばあちゃんだと思えば、なにも気に病む必要はなかった。

　わたしは、おばあちゃんが作ってくれたお手玉を、おばあちゃんの前でやってみせた。毎日一生懸命練習して、両手で三つを投げられるようになったのだ。おばあちゃんは、最初きょとんとした顔で見ていたけれど、蔵でおばあちゃんが教えてくれた数え歌をうたいながらやると、うれしそうな笑顔を見せてくれて、ところどころ声を合わせてくれた。

きっと本当のおばあちゃんは、一緒にお手玉を操って、一緒に数え歌をうたっているんだろうなと思った。蔵でのおばあちゃんを思い出すと、気持ちがほくほくとあたたかくなった。

四葉ちゃんちの蔵に行けば、これからいつでもおばあちゃんや利央斗くんに会えると思っていたけれど、それはもう叶わなくなってしまった。

蔵で利央斗くんとおばあちゃんに会ったあの日。美音と一緒に四葉ちゃんの家を出たところで、四葉ちゃんのお母さんがちょうど帰ってきたのだった。

「あら？　四葉のお友達？」

と声をかけられ、わたしたちは自己紹介をして、お邪魔しました、と言った。四葉ちゃんのお母さんは、へんな顔でわたしたちを見た。

「……あなたたち、もしかして蔵に入ったの」

いきなりそう言われて、とても驚いた。なんでわかったのだろう、と思ったのだ。

「悪いけど、ちょっと庭で待ってて。今、四葉を呼んでくるから」

そう言って、四葉ちゃんのお母さんは家に入って、そして、しばらくしてから四葉ちゃんを連れてきた。四葉ちゃんは泣いていた。

「今日の蔵でのこと、四葉から聞いたわ。あなたたちは、してはいけないことをしたの。これからは、もう二度と蔵には入らないでね。絶対よ。いい？」

わたしと美音はぎくしゃくとうなずいた。

「四葉も、わかったわね」

四葉ちゃんが目をこすりながら、小さくうなずく。

「あなたはわたしとの約束を破ったのよ」

四葉ちゃんのお母さんが四葉ちゃんに向かって、厳しい口調で言った。

蔵でのことは、やってはいけない特別なものだったのだ。四葉ちゃんが、お母さんとの約束を破って、わざわざわたしたちに見せてくれたのだ。

「……ごめんなさい」

四葉ちゃんが涙声で謝る。

「あ、あの！」

美音が声をあげた。

「四葉ちゃんはわたしのために、やってくれたんです！　四葉ちゃんは悪くないんです。わたしがいけないんです。わたしが利央斗のことをずっと気にしてたから。だから、四葉ちゃんが無理して利央斗に会わせてくれたんです。あっ、利央斗っていうのはわたしの弟です。ごめんなさい。わたしのせいなんです。おばさん、四葉ちゃんを叱らないで……」

今にも泣きそうな顔だった。

「わたしもです！　おばあちゃんがわたしのこと嫌いになったのかなって、ずっと考えてて。だから四葉ちゃんが会わせてくれたんです。四葉ちゃんのせいじゃないです！　勝手に蔵に入ってごめんなさい！　四葉ちゃんを叱らないでくださいっ！」

わたしも泣きそうになったけれど、がんばって声を張ったら、怒ったような言い方になってしまった。

四葉ちゃんのお母さんは、ふうーっ、と大きく息を吐き出した。それから、ふふっ、と小さく笑って、

「まったく、しょうがないわね。これじゃあ、わたしが悪者みたいじゃないの」

と言って、どうせ、お母さんも知ってたんでしょうね、と続けた。お母さんというのは、四葉ちゃんのおばあちゃんのことだろう。

「美音ちゃんと遼子ちゃんの言いたいことは、よくわかったわ。四葉のことを、そんなふうに思ってくれて、どうもありがとうね。お礼を言うわ」

わたしと美音は四葉ちゃんのそばに行って、泣いている四葉ちゃんの手を取った。お母さんに叱られて泣いている四葉ちゃんがかわいそうだった。わたしたちのためにしてくれたことなのに。

「でもね、もう二度としちゃいけないの。見えない世界とのつながりに頼りすぎてしまうと、危険な目に遭うこともあるのよ」

わたしたちは神妙にうなずいた。

「美音ちゃんと遼子ちゃん。弟さんとおばあちゃんに会えてよかった？」

「よかったです！」

美音とぴったり声がそろった。四葉ちゃんのお母さんが、ゆっくりと大きくうなずく。

「魂というのはね、ずっと存在するの。その人の正しい魂は、肉体が滅びても永遠にあるのよ。美音ちゃんと遼子ちゃんを大事に思っている人は、いつまでも変わらない気持ちで、二人を見守っている。それがわかれば、もう蔵は必要ないわ。あなたたちは、自分の力で生きていける」

四葉ちゃんのお母さんは、学校の先生みたいだった。学校の先生というよりも、人生の先生みたいな感じだ。

「わたし、もう利央斗に会えなくても大丈夫です。だって、利央斗は今、とっても気持ちのいい場所にいるんだもん。すごくたのしそうだったもん。わたしはいつだって、利央斗が笑った顔を思い出せます」

美音が言った。わたしも同じ気持ちだった。おばあちゃんのやさしい顔と声を、わたしはいつだって思い出せる。

「この蔵はもう、とうに役目を終えているの。人はみんな、魂の輝きを持っているんだから大丈夫なのよ。二人とも、今日のことはそっと胸にしまっておいてね」

わたしと美音は、ゆっくりとうなずいた。

「蔵はだめだけど、またいつでも遊びに来てね」

四葉ちゃんのお母さんは、四葉ちゃんよりもクールな感じだったけれど、笑顔はおんなじだった。

「江里口遼子ちゃん」

帰ろうとしたとき、四葉ちゃんのお母さんに呼ばれた。フルネームだったので、びっくりして振り向いた。

「お父さんによろしくね」

そう言って、四葉ちゃんのお母さんはくしゃっと笑った。

だから蔵にはもう入れないのだけれど、わたしには充分だった。おばあちゃんや利央斗くんの心がずっとあって、変わらずにやさしいと知れただけで充分だった。

お父さんに、四葉ちゃんのお母さんがよろしくって言ってたよ、と伝えると、慌てたように、

「お、おお。そうか。覚えててくれたのか……」

と、ちょっとだけ決まり悪そうに頭をかいた。

「四葉ちゃんちは幽霊屋敷なんかじゃないよ。蔵のなかは、とっても居心地がいいんだよ。気持ちがうんとやさしくなれる場所なんだよ」

そう伝えると、お父さんは一瞬目を瞠って、そうか、とひとこと言ってうなずいた。

「いい友達ができたな」

ぽんと頭に手を置かれて、わたしは誇らしいような照れくさいような気持ちになった。

夏休み前日、ちょっとした事件があった。通信簿をもらって、みんなで見せ合っているときだった。

「夏休み、一緒に映画観に行こうぜ」

と柊介がみんなの前で、美音を誘ったのだ。聞いていたみんなは、瞬時に色めき立った。クラスメイトからひやかされても、柊介ははずかしがることなく毅然としていた。

「うん、いいよ。一緒に行こう。たのしみにしてる」

美音もみんなの前で、はっきりと元気よく答えた。誰かが口笛を吹き、誰かがヒューヒューと言った。そして、誰かが拍手をはじめた。いつしかみんなに伝染して、三組中が大きな拍手に包まれた。桐子が最後、「よーおっ」と音頭を取り、どういうわけか三三七拍子で締めくくることになり、クラスのみんなで大笑いとなった。浅野先生も笑っていた。にぎやかでたのしい、一学期最後の日だった。

✖ ✖ ✖

車窓を流れていく風景を眺めながら、遼子は五年生の頃のことを思い出していた。

五年生の夏休み、遼子と美音は何度も四葉ちゃんの家に遊びに行った。庭の緑が色濃く茂って、暑い日でも家のなかに入ると、すうっと汗がひいた。四葉ちゃんちのお屋敷は風通しがよくて、冷房を入れなくてもいつだって気持ちよく過ごせた。

兄の高校の文化祭で買った四つ葉のクローバーのキーホルダーを友情の証として、三人でいつでも持ち歩き、蔵での出来事のあとは特に強い絆で結ばれた。

あの夏はたのしかった。真帆や桐子やよっちん、柊介たちと男女関係なく集まって、花火をしたり、プールに行ったりした。空気は濃密で、すべての色はあざやかだった。

ふと美音と柊介は、夏休みに二人で映画に行ったのだろうかと、今頃になって思った。美音から聞いたに違いないけれど、覚えていなかった。

あとで聞けばいっか。一人つぶやいて、遼子はそっと目を閉じる。夏の陽光を浴びたあと、まぶたには幾何学模様みたいな黄色やオレンジが見えた。昔から、まぶたの裏側の世界を見ることが好きだった。大人になった今でも変わらない。

「お母さん、東京に行くんだよね。いいなあ。わたしも行きたい」

今朝、ひかりがふくれっつらで言い募ってきた。

「小学校のときのクラス会があるのよ。お土産買ってくるからね」

「クラス会っていつの？」

「五、六年よ」

と答えると、それまでゲームに夢中だった時生が、すげえっ！　と、大きな声を出した。こちらの話に耳をそばだてていたらしい。

「おれたちと同じ歳！」

と言って、お母さんがおれと同級生だったらおもしろかったのになあ、と続けた。

「時生って本当にバカだよね。お母さんが同級生だったら、わたしたち生まれてないじゃない」

あきれたように、ひかりが口を挟む。

「お母さん、みんなと会うの、ひさしぶりなんでしょ。たのしいといいね」

ひかりのその言い方は、まるで旧知の女友達のようで、遼子は我が子にというよりも、女友達に返事をするように「うん!」と、笑顔で返事をした。

「今日プールだから水着出して」

そろそろ出かけようというとき、時生が言ってきた。

「プールバッグに入ってるでしょ」

「ないんだよ」

「ない?」

時生の部屋に行ってプールバッグを確認すると、なかにちゃんと入っていた。

「入ってるじゃない」

「え? あ、そうだった? ごめんごめん」

しらじらしく謝る。時生はうそをつくときに、決まって鼻の穴をひくひくさせるのですぐにわかる。六年生になっても、甘えん坊だ。その代わり、親離れが早いのだろうと遼子は思う。

「一泊して、明日の夜には帰ってくるからね」

そう言うと、しおらしく、うん、とうなずいた。

玄関で靴を履いているとき、ひかりにメモを渡されて見てみると、お土産一覧が書いてあった。

「こんなにいっぱい買いに行く時間はないわよ」

「いーの、いーの。このなかのひとつでもいいからさ。だって、欲しくないものもらってもうれしくないもん」

はいはい、とメモをバッグに入れた。ひかりはとても現実的だ。

「いってらっしゃい。たまにはゆっくりしておいで。こっちのことは心配しなくていいから」

夫に声をかけられ、礼を言った。

遼子は夫と二人の子どもに見送られ、なんだか少し照れくさい気持ちで長岡（ながおか）の家を出てきたのだった。

車窓の景色が変わってきた。あと二十分ほどで東京駅に着く。美音と会うのもひさしぶりだ。

中学入学とともに、遼子は新潟に引っ越しをすることになった。父のまさかの転勤だった。急なことで単身赴任も考えたらしかったが、新潟市にある支店と工場を任されるという栄転で、おそらく定年まで新潟市にいることになるだろうからと、父と母と遼子は東京を離れることになったのだ。

兄は当時、都内にある大学に入ったばかりで、一人で残ることとなった。祖母は認知症が進み、その頃はすでに施設のお世話になっていた。叔母が近くに住んでいたので、祖母のことは任せることになった。

遼子は引っ越しなどしたくなかった。けれど、どうしようもなかった。美音と四葉ちゃんと一緒に同じ中学に進みたかった。親の庇護を受けている十二歳の子どもに、引っ越しをやめにする手立てなどひとつもなかったし、兄と二人で残るなんて冗談じゃなかった。

引っ越しの日、美音と四葉ちゃんは、

「どこにいてもどんなに遠くても、ずっと友達だよ」

と言ってくれた。その言葉は、心にすとんと落ちた。蔵での出来事を共有した三人にとって、物理的な距離は問題ではなかった。

祖母は、遼子たちが引っ越して間もなくして亡くなった。施設に入所していたから、遼子たちが引っ越したことと、祖母が亡くなったことに因果関係はないと思うが、それでも死に目に会えなかったことは、家族にとって辛いことだった。遼子ももちろん悲しかったが、でもきっとおばあちゃんの魂は正しくどこかにあるのだと感じられた。

転校先の新潟市では、忙しく時間が過ぎていった。東京からの転校生ということで、めずらしがられ、ときにつまらない思いをすることもあった。東京と言っても、遼子たちが住んでいた場所は二十三区以外の、いわゆる田舎と呼ばれる地域だったが、新潟の中学生から見たら、どこでも東京は東京らしかった。遼子は、新しい土地、新しい友達に慣れることで精一杯の日々だった。

小学校時代の友達との手紙や電話のやりとりは、長くは続かなかった。中学校という新たなステージで、みんなそれぞれ必死にがんばっていたのだと思う。美音だけは、律儀に電話をくれた。美音はほとんど一人で近況をしゃべり、じゃあね、と言って電話を切った。特に話すことを見つけられない遼子への、美音なりのやさしさだったのだと思う。

「四葉ちゃんの家が火事になった」

と聞いたのも、美音からだった。あれは中学三年の冬だっただろうか。蔵から出火したということで、原因はわからないと聞いた。電話口で遼子はひどく驚き心配したが、その感情を長く持ち続けることはできなかった。四葉ちゃん家族は幸い全員無事だったし、高校受験も控えている時期だった。

その頃の遼子からしてみたら、四葉ちゃんも蔵での出来事も、すでに遠い過去のものになってしまっていた。中学時代の一年というのは、四十一歳現在の五年分ぐらいに相当する時間だと遼子は感じる。当時は目の前のことにただ一生懸命で、過去や昔の友達に、それほど多くの想いを寄せることができなかった。

蔵は全焼だったが、家屋のほうはほぼ無事だと聞いていた。その後、どういう事情がりに出した。


あったのかはわからないが、家屋もすべて取り壊し更地にしたらしい。

四葉ちゃん家族は引っ越して、美音とも高校が分かれ、時が経つうちにいつしか連絡先がわからなくなってしまったと言っていた。四葉ちゃんの家があった土地は、売りに出ていたそうだ。遼子たちが住んでいた東京の家も、兄が就職してしばらくしてから売りに出した。


「遼子！　こっちよ、こっち！」

こっち、というわりには、美音のほうが先に遼子にかけ寄って来る。

「ひさしぶりね。どう、変わりない？　時生とひかりは元気？　やだ、遼子、あんたちょっと老けたわねえ」

よく通る大きな声で美音が矢継ぎ早に言う。

「老けただなんて失礼しちゃうわ。年相応よ」

遼子が言って、美音が笑う。

「とりあえずロッカーに荷物入れて、お茶でも飲もう」

「そうね」

クラス会までにはまだ時間があった。遼子はひさしぶりの東京の空気を肌に感じ、人の多さに改めて感じ入り、遠くまできたのだなあと思った。それは距離のことではなく、時間のことだ。自分はあのときから、ずいぶん遠くに立っているのだと感じたのだった。

「どうしたの？　ぼけっとしてると人にぶつかるよ」

美音に腕を取られ、なんだかおかしくなった。あれから長い年月が過ぎたけれど、美音はまるで変わっていない。

カフェでコーヒーを飲みながら、近況を報告し合った。美音は、小さな出版社の編集者だ。一度結婚したが離婚した。今は仕事がたのしくて仕方ないらしい。

当時、美音はダンスに夢中でたいした腕前だったので、もしかしたら将来はダンサーになるのかも、と遼子は思ったりしていたが、そうはならなかった。ダンスは中学生のときにやめたと聞いた。

そういう自分だって、もうポエムは書いていない。ポエムという単語を頭に浮かべるだけで赤面してしまうし、あの鍵付きのノートも何度か引っ越しするうちになくなってしまった。きれいな青色を描きたくて、高校生になったら美術部に入ろうと決めていたけれど、高校では野球部のマネジャーになった。

母に手に職をつけなさいと言われてはいたが、結局なんの資格も取らず、どうしてもやりたいという仕事も見つからず、地元の大学を卒業してから、地元の食品会社の事務員になった。

兄は会社勤めをしながら、たまに友人たちと映画を撮っているらしい。兄は東京の大学を出て、新潟で就職をした。なんの迷いもなく親元に帰ってきた兄を、遼子はひそかに尊敬している。モグラ役をやって以来、兄が作った映画は観てはいないけれど、高校生のときよりはましになっていることを願う。

人は変わる。けれど、変わらないものもある。

「これ、持ってきたんだ」

美音がバッグから取り出したのは、四つ葉のキーホルダーだ。

「もちろん、わたしも」

遼子もバッグから取り出した。四枚のうちの一枚は七宝が取れてしまい、金属がむき出しになっている。

「四葉ちゃん、まだ持ってるかなあ」

遼子がつぶやくと、火事になっちゃったから、わからないわね、と美音が言った。

「蔵のこと、覚えてる？」

遼子がたずねると、もちろんよ、と美音がうなずいた。

「わたし、あの日を境に、自分の人生が決定づけられた気がする。人生っていうか、心の持ちようがね。いつだって、前を向いて生きられるようになった。そりゃあ、辛いことや悲しいことは山ほどあったけど、それでもきっと大丈夫なんだっていう確信が、いつも心のどこかにあった。だから、四葉ちゃんには感謝しかないの」

遼子はうなずきながらも、自分の薄情さがうらめしかった。おそらく美音は、これまでずっと心のどこかに、あの蔵での出来事を大事にしまっておいたに違いないのだ。そして、不安になったり、自信がなくなったりするたびに、あの思い出を取り出しては勇気をもらっていたのだ。

遼子はといえば、そんなことはすっかり忘れていた。時が経つにつれて、蔵での感動は薄れていき、あの出来事は子どもの頃に見た夢のような気さえしていた。

恋人が亡くなったときも、蔵のことを思い出すことはなかった。亡くなった恋人のアパートに電話をかけては、誰も出てくれない現実に悲しみを深くし、恋人の写真を見ては泣きに泣いた。泣くために存在している、泣き女みたいだった。ただただ悲しみに打ちひしがれ、泣いて恋しく思うばかりで、恋人の魂のことなど、露ほども考えることはなかった。

父が亡くなったときもそうだ。蔵のことは思い出さなかった。段取りに忙しく、ゆっくりと悲しむことすらできなかった。恋人が死んだときも、父が旅立ったときも、蔵のことを思い出せば、多少なりとも心安らかに過ごせただろうにと思う。

あれから三十年。こうして昔のことを思い出して、そして今日、これから四葉ちゃんに会うことによって、遼子は自分の持つ世界が少し変わるような気がしていた。きっとこれからはもっと、死が近しいものになっていくはずだ。そのときどきに、三十年前の蔵の思い出は、自分に大きな力を与えてくれることだろうと遼子は思うのだ。今のタイミングで四葉ちゃんに再会できることに意味があるはずだと。

「そろそろ行こうか」

「うん」

カフェを出て、会場である店に向かう。心臓がどきどきしていた。

ドアを開けると、柊介が出迎えてくれた。今回のクラス会は柊介が幹事だ。

「ようっ、遼子！　ひさしぶりだな。何年ぶりだ？」

日焼けした締まった身体に、人なつっこい笑顔。まったく変わっていない。美音は、年に一度くらいのペースで柊介と連絡を取り合っているらしく、気さくな挨拶を交わしていた。

「あ、そうだ。ねえ、柊介と美音は五年生の夏休み、結局二人で映画に行ったんだっけ？」

柊介と美音は一瞬ぽかんとした顔で遼子を見て、それから同時に吹き出した。

「今頃なに言ってんだよ。遼子はほんと変わってないなあ」

柊介が笑う。美音もあきれたように笑っている。

「ねえ、どっちだったの？　教えてよ」

遼子が聞くと、二人は顔を見合わせて、首を傾げた。

「行ったような気もするし、行かなかったような気もする」

二人からは、同じような答えが返ってきた。

「そっか。確かにそんなのどっちでもいいことだね。今こうして、会ってるんだから」

遼子が言うと、ほんっと相変わらずだなあ、と柊介が笑った。

「だいたいそろってるよ」

懐かしい顔ぶれが見える。よっちん。桐子。真帆。ゆんこ。ひーちゃん。礼子。友美。本好きのよっちんは小説家にはならなかったし、漫画ばかり描いていたゆんこは、漫画家にはならなかった。サッカー命だったひーちゃんは、プロ選手になったわけではなかったし、お菓子作りが得意だった礼子と友美だって、お菓子に関わる仕事についたわけではなかった。みんな変わったし、それでも変わらない部分は多分にある。

「浅野先生は、少し遅れるって」

柊介の言葉に、遼子は懐かしさで胸がいっぱいになる。浅野先生、お元気だろうか。遼子が引っ越すときに、長い手紙をくれた。ずいぶん不義理をしていた非礼をお詫びしたい。

席に着いてしばらくしたところで、ドアが開いた。遼子と美音は同時にドアに目をやり、その瞬間、同時に立ち上がった。

「四葉ちゃん！」

二人でかけ寄る。

「遼子ちゃん。美音ちゃん。ひさしぶりだね。会えてうれしい」

四葉ちゃんのやさしい笑顔はちっとも変わっていない。子どもたちをやさしく見守っている、お地蔵さまのほほえみだ。

我慢できずに、二人で四葉ちゃんに抱きついた。美音の目は光っていた。遼子だって、涙をこらえるのに必死だ。

「話したいこと、たくさんあるよ」

涙声で美音が言う。

「わたしもたくさんあるよ」

四葉ちゃんが笑う。四葉ちゃんのバッグには、黄緑色の四つ葉のキーホルダーが揺れていた。

解説

金原瑞人（翻訳家・法政大学教授）

『とれたて！ベストセレクション　12歳からの読書案内』（二〇〇九年出版）というブックガイドで、ヤングアダルト作家の長崎夏海が『しずかな日々』を取り上げて、次のように書いていた。

> なにもかもはじめての目で見つめた時、日常はこんなにも輝いているのだ。当たり前だと慣れきって見逃していたその輝きを作者はていねいに描いてくれた。

椰月美智子という名前を目にしたのは、このときが初めてだった。この紹介文にひかれて早速読んでみた。なにより文章がいい。読みだしてしばらくすると、作品がすっとそばに寄ってきた。物語のなかに引きずりこまれるのではなく、読者として、作者と物語の空間を共有している感覚を味わっているといった感じだ。小説に夢中な自分を、自分がながめている感覚を味わえるような気がした。それが独特のリアリティを生んでいる。

たとえば『体育座りで、空を見上げて』も同じだった。この作品は八〇年代後半を舞台に、まったく目立たない女の子の三年間の中学校生活が描かれているのだが、まさに当時の女子中学生がふっと目の前に現れたかのような錯覚さえおぼえる。それと同時に、それをくすぐったいようなリアリティとして受け止める自分がいた。文体の魅力といってもいいのだが、そういう二重の視点とでもいえばいいのだろうか。

『つながりの蔵』でも、こんな文章を読むと、ふと微笑んでしまう。

曇りや小雨の日が続くと思っていたら、どうやら梅雨入りしていたらしい。季節って、誰に言われるでもなく、きちんと役割を果たすのだなあと、切り取り線のような雨を見ながら思う。

「遼子さん。江里口遼子さん」

おいっ、と柊介に腕を叩かれて、我に返る。浅野先生が教壇からこっちを見ていた。

「切り取り線のような雨」といわれて、いい比喩だなと思う自分がいて、だけどこの子は五年生なのにと思う自分がいる。

次の部分もそうだ。

突然、すさまじいほどの明るい光が降り注ぎ、わたしは思わず目をつぶった。まぶしくて目を開けていられない。いったいなにが起こっているのだろう。身体の内側が徐々にあたたかくなっていく。そのうちに、身体がふわっと軽くなった。自分の輪郭が空気に溶け出して、肉体の形がなくなっていくような不思議な感じだ。

いうまでもなく小学五年生の言葉ではない。

主人公の遼子(りょうこ)は小学五年生……なのだが、この作品は、小学六年生の双子の姉弟(きょうだい)を持つ母親、遼子の日常から始まる。二十歳のときに三歳上の恋人を事故で亡くし、「朝目覚めるごとに、自分が少しずつ死んでいくのがわかった」ような毎日を三年間続け、その後、ふたたび恋をして、子どもを授かり、四十代になった遼子が、小学校の同窓会の知らせを受ける。そして五年生のときの出来事を振り返る。

つまり遼子が回想する過去の物語なのだ。そしていったん過去の世界が始まると、そこには五年生の遼子がいて空をながめている。目を閉じてもいろんな色がみえる。「わあ、なんて不思議なんだろう。なんで赤色？　空をずっと見てたから？」などと考えていると、「江里口(えりぐち)遼子さん。どうかしましたか」と先生に名前を呼ばれる。

読者は遼子といっしょに五年生の教室に座っている。そして目をさまして、親友の美音(みおん)と話をしたり、クラスメイトとの仲たがいを経験したりするのだが、ときどき、四十代の遼子の思いが、四十代の遼子の言葉で入ってくる。幼い女の子の気持ちが幼いまま描かれながら、そこに、重い体験から立ち直って同じくらいの年の子どもを持っている母親の気持ちや感情がちらっと顔を出す。しかし読者によって違うかもしれないが、おもしろいことに、大人の遼子が過去の自分をながめている感じではない。幼い遼子が未来の自分の目を通して自分をながめているような感じなのだ。この作品の最も特徴的な魅力はそこにあるような気がする。

また、そんな文体でここに語られる物語がじつに豊かだ。

生まれたときから体が弱く五歳で亡くなった弟、利央斗の三回忌を前に落ちこむ美音。パーキンソン病で体が自由にならず、さらに認知症の症状も出てきた祖母との関係で悩む遼子。そのふたりの前に現れた、どことなく不思議な少女、四葉。四葉の家は「幽霊屋敷」とも呼ばれている古く大きな屋敷で、ほかに曾祖母、祖母、母が暮らしているが、男はいない。男は早死にの家系だという。

この三人が出会ったとき、ストーリーが大きく動きだす。そして、この作品のタイトルにもなっている「蔵」の場面に続く。

> 蔵の白壁は、雨に濡れてあざやかに際立っていた。妙に生々しくて、この蔵だけが別世界から運び込まれたもののようだった。

蔵の中での出来事は、ある意味ファンタスティックなのだが、その直前に置かれた、四葉の曾祖母の歌う御詠歌、「地蔵和讃（わさん）」が格好のスプリングボードとなって、読者は難なくその世界に放りこまれる。そのあとは説明するまでもないだろう。エンディングまで一気に持っていくところは見事というしかない。

「そうか、死んじゃったんだ。悲しいね」という美音、「ただただ悲しかった」という子どもの遼子。そういった子どもならではの「悲しさ」を思い出しながら、その後を生きてきた遼子が、それらをあらためて自分の「悲しさ」として受け止めていくところが素晴らしい。

作家、椰月美智子の最も魅力的な部分が無理なくやわらかい形になっているだけでなく、ささやかな決意のようなものがしっかり感じられる作品だと思う。

〈引用〉

140ページ『注文の多い料理店』は以下より引用しました。

『みんなと学ぶ　小学校　国語　五年上』

（学校図書株式会社　平成二十七年）

本書は、二〇一八年四月に小社から刊行された単行本を加筆・修正の上、文庫化したものです。

つながりの蔵(くら)

椰月美智子(やづきみちこ)

令和3年 8月25日 初版発行
令和6年 12月10日 再版発行

発行者●山下直久

発行●株式会社KADOKAWA
〒102-8177 東京都千代田区富士見2-13-3
電話 0570-002-301（ナビダイヤル）

角川文庫 22775

印刷所●株式会社KADOKAWA
製本所●株式会社KADOKAWA

表紙画●和田三造

●お問い合わせ
https://www.kadokawa.co.jp/（「お問い合わせ」へお進みください）
※内容によっては、お答えできない場合があります。
※サポートは日本国内のみとさせていただきます。
※Japanese text only

ISBN 978-4-04-111156-7 C0193

◆◆◆

角川文庫発刊に際して

角川源義

第二次世界大戦の敗北は、軍事力の敗北であった以上に、私たちの若い文化力の敗退であった。私たちの文化が戦争に対して如何に無力であり、単なるあだ花に過ぎなかったかを、私たちは身を以て体験し痛感した。西洋近代文化の摂取にとって、明治以後八十年の歳月は決して短かすぎたとは言えない。にもかかわらず、近代文化の伝統を確立し、自由な批判と柔軟な良識に富む文化層として自らを形成することに私たちは失敗して来た。そしてこれは、各層への文化の普及滲透を任務とする出版人の責任でもあった。

一九四五年以来、私たちは再び振出しに戻り、第一歩から踏み出すことを余儀なくされた。これは大きな不幸ではあるが、反面、これまでの混沌・未熟・歪曲の中にあった我が国の文化に秩序と確たる基礎を齎らすためには絶好の機会でもある。角川書店は、このような祖国の文化的危機にあたり、微力をも顧みず再建の礎石たるべき抱負と決意とをもって出発したが、ここに創立以来の念願を果すべく角川文庫を発刊する。これまで刊行されたあらゆる全集叢書文庫類の長所と短所とを検討し、古今東西の不朽の典籍を、良心的編集のもとに、廉価に、そして書架にふさわしい美本として、多くのひとびとに提供しようとする。しかし私たちは徒らに百科全書的な知識のジレッタントを作ることを目的とせず、あくまで祖国の文化に秩序と再建への道を示し、この文庫を角川書店の栄ある事業として、今後永久に継続発展せしめ、学芸と教養との殿堂として大成せんことを期したい。多くの読書子の愛情ある忠言と支持とによって、この希望と抱負とを完遂せしめられんことを願う。

一九四九年五月三日

角川文庫ベストセラー

グラウンドの空　あさのあつこ

甲子園に魅せられ地元の小さな中学校で野球を始めたキャッチャーの瑞希。ある日、ピッチャーとしてずば抜けた才能をもつ透哉が転校してくる。だが彼は心に傷を負っていて——。少年達の鮮烈な青春野球小説！

グラウンドの詩（うた）　あさのあつこ

心を閉ざしていたピッチャー・透哉とバッテリーを組む瑞希。互いを信じて練習に励み、ついに全国大会への出場が決まるが、野球部で新たな問題が起き……中学球児たちの心震える青春野球小説、第2弾！

かんかん橋を渡ったら　あさのあつこ

中国山地を流れる山川に架かる「かんかん橋」の先には、かつて温泉街として賑わった町・津雲がある。そこで暮らす女性達は現実とぶつかりながらも、精一杯生きていた。絆と想いに胸が熱くなる長編作品。

ミヤマ物語
第一部　二つの世界　二人の少年　あさのあつこ

いじめから登校拒否になった孤独な少年透流と、別次元で展開される厳しい階級社会の最下層を生きる少年ハギ。二つの世界がつながって新たな友情が奇跡を起こす！

ミヤマ物語
第二部　結界の森へ　あさのあつこ

牢から母を逃がし兵から追われたハギは、森の中で透流に救われる。怯えていたハギは介抱されるうちに少しずつ心を開き、自分たちの世界の話を始める。２人の少年がつむぐファンタジー大作、第二部。